DIETMAR KRÖNERT

XERXA
FÜRSTIN DER FINSTERNIS

DIETMAR KRÖNERT

XERXA
FÜRSTIN DER FINSTERNIS

HORRORTHRILLER

Bibliografische Information der Deutschen Bibliothek:
Die Deutsche Bibliothek verzeichnet diese Publikation in der Deutschen Nationalbibliografie; detaillierte bibliografische Daten sind im Internet unter *http://dnb.ddb.de* abrufbar.

Impressum
© 2023 Dietmar Krönert
Abbildungen:
Dietmar Krönert
Herstellung und Verlag:
Books on Demand GmbH, Norderstedt
ISBN: 978-3-7578-7152-9

Mein spezieller Dank gebührt
Frau Dr. Lucia Roth
für ihre unterstützende Arbeit

Kapitel -2

September

Esteban blickte durch ein Fenster seines Penthauses in die Nacht hinaus. Wenn er dann gleich, wie an jedem Abend, auf die Freifläche hinaustreten wird, richtet er seinen Blick regelmäßig zuerst nach links, straight der Länge nach über den Time Square hinweg bis zum Flatiron Building 175 5th Avenue hin. Auch unter der ursprünglichen Bezeichnung Fuller Building bekannt.

Das Leben wird langweilig, wenn man ganz oben in der Hierarchie der bösen Buben angekommen ist. Jedenfalls fasste es Esteban so auf. Und genau das zeichnete sich in diesem Augenblick auf seinen Gesichtszügen ab. Nur sieht gerade jetzt niemand in Esteban Castros Gesicht... oder doch?

Hoch oben über der Stadt öffnete Castro die Glastür einen Spalt weit und zögerte dann eine Sekunde lang. Irgendetwas schien ihm durch den Kopf zu gehen. Er blickte unbewusst auf das gegenüberliegende Gebäude.

Das kurze Aufblitzen und den sternförmigen Austritt der Pulvergase auf gleicher Höhe gegenüber konnte er nicht mehr registrieren. Bevor die Sehimpulse sein Gehirn erreichten, wurde es auch schon püriert. Die visuelle Information erreichte keinen Adressaten mehr. Auf seiner Stirn, direkt über der Nasenwurzel, klaffte plötzlich ein gerade mal fingernagelgroßes Loch. Hinter ihm verteilten sich Schädelknochensplitter und Teile seiner Hirnmasse im Raum.

Esteban Castro fiel wie ein Kaffeesack nach hinten.

Kapitel -1

Machtwechsel

In einem der Vorräume lümmelten drei seiner Männer in den bequemen, planlos herumstehenden Sesseln. Sie rauchten und vergnügten sich mit den Mädchen, die hier den Einrichtungsgegenständen des Penthauses zuzurechnen waren. So könnte man sagen.

Keine der jungen Kolumbianerinnen war der englischen Sprache mächtig. Und sie waren sich auch nicht so ganz darüber im Klaren, wo sie sich eigentlich befanden. Wie es schien, umgaben sich die Kolumbianer gerne mit den Dingen, die sie von zu Hause her kannten. Da ihr Boss nichts mehr von sich hören lies, zogen sie sich nach und nach zurück. Es war lange nach Mitternacht.

Am darauf folgenden Morgen erschien Castros erste Garde so, wie sie in der Nacht verschwunden war, zwanglos. Das Penthaus war durch ausgeklügelte Sicherheitssysteme und massive Zugangsbeschränkungen bestens gesichert. Wer hier unangemeldet hereinkommen wollte, der wäre gut beraten, gleich einen Sprengmeister im Gefolge mitzubringen.

Oswaldo sah auf seine Uhr von Patek Philippe, die er seiner Stellung innerhalb des Syndikats für angemessen hielt. Oswaldo fühlte sich, ohne dass es jemals ausgesprochen worden wäre, als Castros rechte Hand. Nachdenklich verharrte er einige Augenblicke lang in einer leicht vorgebeugten Haltung, richtete sich dann langsam auf und ging zu der Tür, hinter der sich der Flur zu Castros persönlichen Gemächern befand. Oswaldo lauschte in den opulent im Stiel der Sechziger ausgestatteten Flur hinein.

Nichts Beunruhigendes war zu hören. Oswaldo dachte nach und blickte erneut auf seine Uhr. Es war bereits nach 9 Uhr a. m. und der Boss hatte noch nicht nach seinem üblichen Frühstückstablett verlangt. Oswaldo näherte sich dem Ende des Korridors und klopfte, wartete, klopfte erneut und öffnete dann vorsichtig die Tür. Kühle Morgenluft, vermischt mit dem metallischen Geruch von angetrocknetem Blut schlug ihm entgegen. Ein Geruch, den er schon von Berufswegen gut kannte. Jetzt drückte er die Tür schnell auf und sah Castro vor der offenen Dachterrassentür liegen. Unbewusst zog er seinen 45er und blickte sich sichernd nach allen Seiten um.

Oswaldo ging zu Castro hin. Der lag da, mit unendlich gelangweilten Gesichtszügen, als würde ihn das alles hier nichts mehr angehen. Und im Grunde ging ihn das alles ja jetzt auch nichts mehr an. Hinten fehlte ihm der halbe Schädel, und so lag er in seinem getrockneten Blut und Hirnmasse und blickte gelangweilt zu seiner Zimmerdecke hoch.

Castro hatte das Penthaus vor etlichen Jahren erworben. Zu einer Zeit, als er selbst noch dazu beigetragen hatte, dass das Gebiet um den Time Square, der damaligen Theater- und Kulturmeile, regelrecht mit Sexkinos und Pornoläden zugepflastert verkam. Das wiederum zog dann den Drogenhandel und die Prostitution nach sich. Und als Dank für seine Bemühungen, die niedersten Instinkte der Menschen zu befriedigen, hatte er das Penthaus für ein Butterbrot erwerben können. Einschließlich der beiden darunterliegenden Etagen, versteht sich fast von selbst. Seither war dies sein Domizil, wenn ihn seine Art von Geschäften nach N. Y. führten. Bis jetzt jedenfalls.

Oswaldo blickte verächtlich auf das, was einmal Esteban Castro war, hinab. Er bückte sich und zog aus Castros Hosentasche dessen Schlüsselmäppchen hervor. Oswaldo öffnete den alten Wand-Safe, der auch schon von den Vorbesitzern genutzt worden war, und nahm die lederne College Mappe mit dem Kassenbuch an sich. Damit und in dieser Sekunde vollzog sich völlig unspektakulär der Machtwechsel innerhalb des Syndikates.

Oswaldo sah nochmals kurz zu dem gegenüberliegenden Gebäude hinüber, wo es längst nichts mehr zu sehen gab. Er nickte murmelnd wissend: »Tja, das war's dann wohl mit dem großen Esteban Castro.«

Er sammelte kurz seine Gedanken. Dann nahm er sein Mobile Phone zur Hand und tippte eine Nummer ein. Hansi der Deutsche, Hansi der Putzer meldete sich am anderen Ende. Ohne auf Details einzugehen gab Oswaldo Hansi den Auftrag für eine komplette Renovierung, einschließlich der Abfallentsorgung.

Auch ohne detaillierte Auftragserteilung wusste Hansi natürlich, worum es geht, wenn einer aus der kolumbianischen Connection seine Dienste beansprucht. Er machte so einen Job ja nicht zum ersten Mal und stellte keine Fragen. Teppiche herausreißen, die Tapeten von den Wänden nehmen und das Mobiliar verbrennen, war das eine. Castros Leiche zurück nach Kolumbien zu verfrachten und den Raum neu zu dekorieren, das war das andere. Auf Hansi war Verlass, und der lies sich für seine Dienste auch dementsprechend entlohnen.

Ein absoluter Gegensatz zu seinem lustigen süddeutschen Vornamen war sein Auftritt. Er trug typischerweise schwarz, inklusive Hemd und Krawatte in Nuancen, und ein griesgrämiges Gesicht. Über den Preis für seine Dienstleistung zu verhandeln, das gab es mit einem Hansi nicht. Man war sich ohne Worte einig. Hansis Preise waren fix und bekannt. Hansi nahm nicht mehr und nicht weniger als die übliche Taxe. Ihm eine Art Trinkgeld zukommen zu lassen würde er als grobe Beleidigung empfinden. Ein Mensch mit Prinzipien und Prioritäten. Eine Art joviale, leutselige Atmosphäre kommt so gar nicht erst auf, was Hansi und Oswaldo sehr zu schätzen wussten. Zwei Profis, jeder auf seine Art.

Als Hansi mit seinen Teppich- und Tapetenmustern plus seinem speziellen Entsorgungstrupp anrückte, begriffen dann auch die beiden Männer im Vorzimmer, dass heute irgendetwas anders war als sonst. Und Oswaldo himself ließ dann auch erst gar keinen Zweifel aufkommen, wer von nun an das Sagen im Syndikat hat. Die beiden Berufsverbrecher waren geborene Befehlsempfänger und von Castro noch als seine persönlichen Handlanger und Gunmen ausgewählt worden. Das war jetzt allerdings Geschichte und spielte ohnehin keine Rolle mehr. Die Geschäfte gingen geräusch- und nahtlos auf Oswaldo über und somit weiter.

Teil 1

Kapitel 1

Ein Jahr zuvor

Aeropuerto El Dorado. Castro war soeben in Gottes eigenem Land gelandet. Jedenfalls war es das, was Esteban Castro bei jedem seiner Ankünfte auf kolumbianischen Boden empfand. Ein Teil der Castros lebt in Bogotá, und so verbrachte er üblicherweise stets die erste Nacht im Stadthaus der Familie im südlichen Stadtteil San Bernardo.

Früh am nächsten Tag startete er mit einem Konvoi von zwei schweren SUVs und einem Pickup nach West Boyacá, dem Land der Smaragde, dem Stammland der Castros. Hier sind auch heute noch traditionell und oftmals Fremde und Feinde ein und dasselbe. Esteban Castros Großvater hatte in den alten, den guten alten Zeiten der Smaragdkriege mit dem Handel von Smaragden aus den Minen von Coscuez den Grundstein für das Vermögen der Castros gelegt. Der alte Castro stand dem mächtigen Victor Carranza, den man den Smaragd-Zar nannte in nichts nach. Es war eigentlich nie ganz ausgemacht, wer von den beiden der Mächtigere war. Für das gewöhnliche Volk von Bauern und Schürfern waren beide anbetungswürdig. Wenigstens tat man so und gab sich stets unterwürfig nach dem Motto: ja nicht unnötig auffallen.

Die Fahrzeuge steuerten in schneller Fahrt die weitläufige Hazienda der Castros an, die zwischen den beiden nördlichen Ausläufern der Kordilleren lag. Zwischen Puerto Boyacá und Zapatoca, nördlich der Hauptstadt Santa Fe de Bogotá. Die

drei schweren Fahrzeuge fuhren mit Vollgas und Staub auf-
wirbelnd an kleinen Ansammlungen von einfachen Behau-
sungen vorbei, die man nur mit gutem Willen Pueblos nennen konnte. In den Ländereien um die gepflegten Gebäude
des Stammsitzes regierte Esteban Castro wie ein Fürst, mit
guten Kontakten zu den regionalen Vertretern der Staatsge-
walt. Sein »Volk« senkte die Köpfe, wenn die Kolonne des Patrons vorbeirauschte.

In der Küche der Hazienda brät auch schon das Cabrito al
horno, mit Pfeffer und Knoblauch scharf gebackene Ziege.
In den Töpfen brodelt el mute Santandereano aus dem
Fleisch verschiedener Tiere mit Mais und Bohnen. Castro ist
zurück in seiner Welt mit den gewohnten Speisen.

Esteban Castro war der uneingeschränkte Clanchef seiner Familie, die allerdings immer weniger Köpfe zählte, mit
der Tendenz auszusterben. Trotzdem ist sein Wort immer
noch Gesetz. Mit seiner Staub aufwirbelnden Ankunft übt
er ganz nebenbei Präsens. Niemand soll auf den Gedanken
verfallen, seine Herrschaft infrage zu stellen. Denn überall
dort, wo es etwas zu holen gibt, gibt es auch Neider, Räuber
und Beutemacher. Was so eine Art all umfängliches Natur-
gesetz ist. Dessen ist sich Castro natürlich bewusst. Das
Gute, was immer das auch sein könnte, das findet im Kino
statt. In der realen Welt kommt selten einmal die Rettung in
letzter Sekunde, wenn überhaupt!

Aber wie auch immer. Castro sieht sich als Geschäfts-
mann, der alles im Griff hat und überall da mitmischt, wo es
nach guten Geschäften riecht.

Kapitel 2

Locco die Drecksau

Castro lehnt sich entspannt zurück. Sein Blick geht von seinem Platz aus direkt durch das Fenster über das weite Tal der Hazienda mit den Kordilleren im Hintergrund. Ein kurzer Augenblick der Selbstzufriedenheit überkommt ihn fast überfallartig, gepaart mit der aufkommenden Langeweile einer Bürgerlichkeit. Fast schon eine glückverheißende Vision. Esteban schließt die Augen und schlummert selbstgefällig ein.

Jemand rüttelte ihn an der Schulter. Der Übergang von Mattheit zum Adrenalineinschuss vollzog sich in einer zehntel Sekunde. Esteban griff automatisch dahin, wo sich sein handlicher Colt Revolver befinden sollte, der Griff ging ins Leere. Sofort bedauerte er zutiefst, dass er zuvor seine Waffe vor sich auf dem Tisch abgelegt hatte. Er schlug die Augen auf. Seine Mutter Fernanda, die Patronin auf der Hazienda, schüttelte missbilligend den Kopf, sagte aber nichts weiter.

Fernanda Castro wendete leicht den Kopf zur Tür hin und deutete mit den Augen auf Roberto Montforsa. Der vermittelte ganz entgegen seiner üblichen Lethargie einen geradezu aufgebrachten Eindruck auf Esteban. Im Blick eines Außerstehenden steht Roberto lässig, mit einem leicht nervös zuckenden Auge im Türrahmen. Castro dagegen hatte Roberto nur selten so aufgewühlt gesehen. Das konnte nichts Gutes bedeuten. Der kurze trügerische Moment von Frieden, Harmonie und angenehmen Jetlag war also schon wieder vorbei. Ein fast beruhigendes Gefühl für Esteban. Er hob leicht den Kopf, was so viel bedeutete wie: Komm her und sag, was du zu sagen hast.

»Die Lieferung Riohacha – Miami wurde gestohlen. Roberto Garcia, Antonio Pacho und den Fahrer haben sie wie Hunde abgeknallt. Das Geld und die Ware sind weg. Es war ein Überfall auf freier Strecke.«

Roberto verlagerte unruhig sein Gewicht vom linken Bein auf das Rechte. Wohl aus Angst, dass er als Überbringer der schlechten Nachricht nun gänzlich allein den Reaktionen des Chefs ausgesetzt war. Zum Erstaunen Robertos blieb Castro aber völlig ruhig und sein Puls ging wieder in Richtung Lethargie. In Gedanken ließ er Luft ab. »Pfh …« Bei Castro konnte man sich nie sicher sein.

Im Gegensatz zu seinem Äußeren rumorte es in Castro. Mit dem kurzen Ansatz von zufriedener Bürgerlichkeit war es so schnell wieder vorbei, als dass Esteban dem Behagen erliegen könnte. Wer Castro bestiehlt oder in seine Geschäftsbereiche eindringt, um auf seine Kosten den Reibach zu machen, für den hält er nur eine Strafe vor: der rückt ohne Umschweife und augenblicklich ganz nach oben auf seine Abschussliste. Und Castro hatte natürlich auch eine Ahnung davon, wer verrückt genug war, so etwas zu wagen. Locco Barrera aus Medellín, die Drecksau. Die Welt wird diesem Dreckspack nirgendwo Unterschlupf bieten können. Diese Ratten sind so gut wie tot. Locco! Verfluchte Scheiße! Gerade erst angekommen, ist Castro schon wieder auf dem Weg zurück in die Staaten. Diese verfluchte Drecksau!

Äußerlich sieht man Castro nicht im Geringsten an, was für ein Hass in ihm brodelt. Optisch gibt er das Bild eines netten, gut situierten, mediterranen Winzers oder Olivenbauers. Elegant wie ein spanischer Grande traut man ihm auf den ersten Blick nichts Menschenverachtendes zu.

*

Esteban hat seine Abteilungsleiter der Geschäftsbereiche N. Y., Florida und Westküste in seine Zentrale an der 5th Avenue zitiert. Als Castro eintrifft, sind die Männer bereits anwesend und nehmen ihn ins Visier. Sie versuchten die Situation einzuordnen. Jedes Mal wenn Castro diese beinahe schon phlegmatisch anmutende Ruhe und Ausgeglichenheit ausstrahlt, kann es für jemanden äußerst unangenehm werden.

»Jeder von euch weiß inzwischen, was geschehen ist. Locco die Drecksau hat eine Grenze überschritten«, setzte Castro ohne Umschweife an. »Ihr werdet schnellstens herausfinden, wo sich dieser Locco und seine Hühnerdiebe und Schwuchteln bevorzugt aufhalten. Mit wem diese Ratten ihre Geschäfte machen. Ich will alles wissen und erwarte Ergebnisse, verstanden!«

»Geht klar«, antwortete Viktor Mondeza für alle.

Er schien die Sache locker zu nehmen. Castro gefiel diese Lässigkeit Mendozas gar nicht.

»Viktor«, sagte Castro gefährlich ruhig. »Ich erwarte Ergebnisse. Dieser Locco klaut unsere Ware, tötet unsere Leute mitten in unserem Territorium, für das du zufällig auch noch die Verantwortung trägst. Kümmere dich um deine Hinterhöfe in Miami, verstanden.« Der lockere Viktor schluckte verhalten und blinzelte irritiert. »Eine komplette Lieferung oder ein Kilo, Viktor, so eine Frechheit können wir uns nicht bieten lassen. Sollen wir uns von diesen Schwanzlutschern verarschen lassen, hä?«, setzte er nach.

Aus Mondezas Gesicht wich nun doch das überlegene Grinsen und machte einer Art Ernsthaftigkeit Platz. Castro wusste, dass das nur aufgesetzte Mimik war. Der Kerl war einfach zu blöde, um zu merken, wenn man ihm den Boden unter den Füßen wegzog. Es war nun Mal wie in jedem anderen Unternehmen auch. Jeder Unternehmer sucht den hochqualifizierten Idioten für übertragene Aufgaben und Tätigkeiten, um etwaige Konkurrenz auf den eigenen Chefsessel weitestgehend auszuschließen.

»Also los, Viktor, schnüffle rum in deiner Stadt. Ich will an diesem Locco ein Exempel statuieren. Niemand soll auf den Gedanken kommen, er könnte sich die West- oder die Ostküste einfach so unter den Nagel reißen. Klar!« Inzwischen war die oberflächliche Ruhe von Castro längst abgefallen. »Ich will, dass ihr diesen Locco in den Everglades an die Kaimane verfüttert. Aber in kleinen Portionen, Stück für Stück. Habe ich mich klar ausgedrückt! Stück für Stück. Ihr werdet herausfinden, wo sich unsere Ware befindet. Ruft die Leute zusammen, es könnte heiß werden, verstanden!«

Jetzt waren die Kerle in der Spur, da war sich Castro sicher. Estebans Augen blitzten nochmals gefährlich in die Runde. Die Männer quittierten das mit aufgesetzter Entschlossenheit.

»Na also!«

Kapitel 3

Die Wandlung

Wieder zurück in Kolumbien begann Castro nachzudenken. »Ich möchte von niemandem gestört werden«, sagte er. »Schließ die Tür.«

Mutter Fernanda nickte nur. Castro war der Patron. Die Zeit, als Esteban ihr liebes Kind und ihr Sonnenschein war, war längst vorbei. Aus lieben kleinen Buben werden irgendwann skrupellose Männer. Weiß der Teufel, was sich die Natur, der liebe Gott oder wer auch immer dabei gedacht hatte.

Die Geschäfte wurden mit den Jahren immer aufwändiger. Der Transport illegaler Drogen von Mal zu Mal komplizierter und daher auch kostspieliger. PS-starke Schnellboote oder ältere Flugzeuge, vollgepackt mit Kokain und Heroin, oft nur zum einmaligen Gebrauch nach Norden geschickt. Nach der Landung ließ man eine Maschine oft genug irgendwo in der Botanik zurück oder fackelte sie gleich und direkt am Landeplatz ab.

Polizei und Zollbehörden in den Industrieländern rüsteten vermehrt auf. Heerscharen armer Schlucker mit Koffern mit doppelten Böden, mit Drogenverstecken in ihren Körpern trafen in Europa oder Australien ein und wurden umgehend den Haftrichtern vorgeführt. Die einstigen sicheren Gewinne gingen kontinuierlich zurück. Zusätzlich traten neue Konkurrenten auf den Plan.

»Locco die verfluchte Drecksau«, fuhr es erneut aus Esteban heraus, obwohl niemand mehr zuhörte. Castro musste sich etwas überlegen oder den Beruf wechseln. Das aber schloss er für sich von vornherein aus. Esteban Castro mit regulären Angestellten und aufmüpfigen Gewerkschaften, ha!«

Esteban schloss die Augen und ging in sich, was an sich und für sich betrachtet schon ungewöhnlich war. Er lehnte sich zurück, sein Unterbewusstsein begann eigenständig an seinem Problem zu arbeiten.

Kapitel 4

Das Erbe

Knapp drei Stunden später schreckte Esteban von einer Sekunde auf die andere hoch. Erneut ging der Griff nach seiner Waffe ins Leere. Und wieder bedauerte er eine Sekunde lang, dass er sie vor sich auf dem Beistelltisch abgelegt hatte. Fernanda hatte ihren Sohn nur kurz an der Schulter berührt. Nun schüttelte sie missbilligend den Kopf, Hals und Oberarme wabbelten bedenklich.

»Das Essen ist fertig, wäre schön, wenn du es jetzt einrichten könntest.«

Widerwillig folgte der 52jährige der Mutter, wie er es schon als kleiner Junge getan hatte. Zwischen zwei Gabeln fragte er sie plötzlich aus einer Eingebung heraus:

»Wo befinden sich eigentlich die alten Sachen von Sergio, deinem Vater?«

Fernanda sah ihren Sohn nachdenklich an.

»Danach hast du doch noch nie gefragt? Und du könntest ihn auch ruhig Opa nennen, schließlich war er dein Großvater.«

»Hm ja, aber ich habe ihn doch nie richtig kennengelernt.«

»Komm mit.« Fernanda nahm einen Schlüssel aus einer Schublade heraus. »Ich habe nach seinem Tode sein Arbeitszimmer nie mehr betreten und alles so gelassen, wie es war.«

Fernanda blieb vor einer Tür stehen, an der Esteban viele Male vorbeigegangen war, ohne sich je dafür zu interessieren, was sich dahinter befand. Zögerlich überreichte Fernanda ihrem Sohn den Schlüssel. Es hatte fast den Anschein einer großen Geste, und vielleicht war es das für sie auch. Castro drehte den Schlüssel im Schloss und drückte die knarrende Tür auf. Das Holz hatte sich über die Jahre in dem feuchtwarmen Klima verzogen. Castro störte sich nicht daran.

Er fand genau das vor, was zu erwarten war, Staub. Durch die trüben Fensterscheiben drang nur gedämpftes Licht herein. Er zog Schubladen auf, blätterte in alten Papieren und sah sich die vergilbten Fotos einer Frau an, die wohl in jenen Tagen als eine Schönheit gegolten hatte. Einen alten, ehemals glänzenden silbernen Colt Revolver und ein silbernes Feuerzeug drehte Esteban gedankenverloren in den Fingern. Die Zigarre, die er aus dem Humidor nahm, zerbröselte augenblicklich zwischen seinen Fingern. Eine volle Flasche mit Rum war dagegen sicher noch genießbar. Er nahm sie mit und wendete sich zur Tür.

Er fragte sich, wie er überhaupt auf den Gedanken gekommen war, sich das alte Zeug hier anzusehen. Castro schüttelte den Kopf und ging hinaus, dabei fiel sein Blick auf ein schwarzweißes, gerahmtes Foto neben der Tür. Es hing da, vergilbt und von Wasserflecken unansehnlich geworden, gerade so als, hätte es der Alte nur für ihn und genau hier platziert. Das Bild eines Schiffes, einer beachtlichen Jacht. Esteban begann sich plötzlich daran zu erinnern, dass er als drei- oder vierjähriger Bub einmal auf dem Deck dieses Schiffes gespielt hatte. An das Gesicht des Mannes, der einstmals sein Großvater war, konnte er sich nicht mehr erinnern.

Er fragte sich, warum sein Unterbewusstsein ihn dazu gebracht hatte, diesen Raum zu betreten. Wollte sein Unterbewusstsein und der Alte, dass er sich an diese Jacht erinnert, auf der er als Kind ein einziges Mal gespielt hatte?

In Castro wuchs das Interesse daran, was wohl aus der Jacht geworden war. Er ging zum Schreibtisch zurück und begann die Unterlagen des Alten zu studieren. Er sah sich an, was jetzt und hier und überhaupt nicht mehr von Relevanz war. Das kann man alles getrost wegschmeißen, sagte er zu sich. Trotzdem blätterte er geduldig weiter, bis Castro auf einige Fotografien stieß. Offensichtlich auf dem Deck der Jacht aufgenommen. Die Bilder zeigten einen kleinen Jungen und einen kräftigen Mann, ungefähr in seinem Alter, der wohl sein Großvater war. Großvater und Enkel. Der Alte hatte plötzlich ein Gesicht. Gesicht und Hände spielten mit dem Jungen, der nur Esteban selbst sein konnte. Das Gesicht des Knaben strahlte, wie nur ein Kind voller Wonne strahlen konnte. Er, Esteban, war der Prinz des alten Patriarchen, anders ließen sich diese Bilder nicht interpretieren.

Unter den Fotografien lagen eine Reihe Dokumente. Dokumente, die sich alle auf die Jacht bezogen. Castro blätterte und las darin, bis es vor den halbblinden Fenstern vollends dunkel wurde.

Castro lehnte sich zurück und starrte in die beginnende Dämmerung hinaus. Die Jacht, falls sie noch existieren sollte, gehörte ihm. Der Alte hatte sie auf seinen Namen, Esteban Sergio Castro, registrieren lassen, was sicher auch schon damals nicht ganz so einfach gewesen sein konnte.

Etwas später starrte Esteban immer noch ins Dunkel hinaus, der Alte hatte eine Seele bekommen. Der Knabe Esteban und die Jacht waren wohl der ganze Stolz des Mannes auf diesen Fotos gewesen. Vielleicht war die Frau, die in jenen Zeiten offenbar eine mondäne Dame gewesen war, seine Großmutter? Castro wusste es nicht, er hatte sie nie kennengelernt, und außer auf den Bildern in der Schublade des Schreibtisches existierten nirgendwo im Haus Bilder von dieser Frau.

Castro ging in die Küche und zeigte Fernanda die Fotos.

»Ist das deine Mutter?«

Fernanda starrte auf die Bilder und bekreuzigte sich augenblicklich. Ihr Gesicht drückte von einer Sekunde auf die andere Hass aus. Dann wurden ihre Augen feucht.

»Ich will das nicht sehen und ich möchte nicht darüber sprechen«, sagte sie in einem Ton, wie Esteban seine Mutter noch nie hatte reden hören.

Sie wendete sich ab und ging hinaus, ließ alles stehen und liegen, auch den Sohn. Castro blieb nachdenklich zurück.

Der Patron winkte Niclas zu sich heran.

»Du und Carlos, ihr checkt den Land Cruiser durch. Wir werden für einige Tage nach Nuquí fahren«, sagte Castro ohne weitere Erklärungen zu dem Mann, den er für einigermaßen verlässlich hielt.

*

Niclas, Handlanger für die verschiedensten Aufgaben auf und außerhalb der Hazienda El Mirador, machte sich ohne Fragen zu stellen ans Werk. Dumme Fragen zu stellen hatte er sich bei dem Chef längst abgewöhnt.

Die Drei starteten noch vor Sonnenaufgang in Richtung Nordwesten in den Distrikt Chocó, was sich großartiger anhört, als es ist. Tatsächlich ist dieser Teil der Pazifikküste so ziemlich das armseligste, was sich selbst Kolumbianer vorzustellen vermögen. Jede Menge Natur pur mit einer dünn gesäten afrokolumbianischen Bevölkerung. Wenn man Glück hat, findet man grobe Schotterpisten vor, die selbst geländegängigen Fahrzeugen alles abverlangen. Es wird holperig werden. Aber Castro hatte sich vorgenommen, es durchzuziehen.

»Gib Stoff Carlos und fahr vorsichtig.«

»Klar, Boss«, antwortete Carlos, schaltete hoch und dachte nicht weiter über die Auslassungen des Patrons nach.

Spätnachmittags erreichten sie Nuquí am Pazifik. Bis hierher kamen sie noch auf der einzigen Straße, die den Namen verdient, relativ gut voran. Castro mietete sich und seine Leute in der besten Absteige in Nuquí ein. Das jedenfalls verkündete ein Werbeschild aus den Vierzigern oder Fünfzigern, was mit einiger Mühe unter der Patina noch zu entziffern war. *Spa Hotel Punta Romano. Das beste Hotel Restaurant in Nuquí am Pacific.* Und darüber prangte tatsächlich ein kaum noch zu erkennender Stern.[1]

Offiziell verliehen, weil das Nachbarzimmer eines anderen Zimmers in ein überdimensionales Badezimmer umgebaut worden war. Badewanne, Toilette und ein Waschbecken in den Zimmerecken und viel freie Fläche dazwischen sollten wohl für den Luxus einer »Präsidentensuite« zeugen. Damals, zu einer Zeit, als hier der Jaguar noch nicht völlig begraben war, hatte wohl irgendwer die großartige Idee, hier ein zweites Acapulco entstehen zu lassen. Ist dann aber wohl irgendwie gescheitert. Da kann man nur noch gespannt sein, wie die Küche mit der hochtrabenden Eigenwerbung korrespondiert. Und mit Spa ist wohl die vergammelte Krafttrainingsmaschine in einem offensichtlich wenig genutzten Kellerraum gemeint. Nur um das allgemeine Bild abzurunden.

»Tja Leute, etwas Besseres werden wir kaum finden. Morgen machen wir dann so früh wie möglich, dass wir hier wegkommen. Wir sind ja nicht für ein Wellness Wochenende hergekommen«, schloss Castro seine Rede.

In der örtlichen Kommandantur war man wenig begeistert darüber, dass nach einem halben Jahrhundert schon wieder einer von diesen Castros hier auftauchte. Man gab sich wenig zugänglich und entsprechend wortkarg. Castro erhielt wenigstens die Auskunft, dass sie noch so um die zwanzig Kilometer weit der Küstenroute folgen müssen, um dann nach links zum Meer hin abzubiegen. »Da werden sie dann die ehemaligen Liegenschaften der Castros finden, Señores.«

Mehr war nicht zu erfahren. Also suchten sie erst einmal die nächste Cantina auf, um der allgegenwärtigen Hitze etwas entgegenzusetzen. In deren Umfeld lungerten einige alte Männer herum. Vielleicht konnte man denen noch einige Infos entlocken. Erstaunlicherweise war den Opas auch nach einem halben Jahrhundert der alte Castro durchaus noch ein Begriff. Der Alte hatte offenbar in der Gegend einen mächtigen Fußabdruck hinterlassen. Seither schien sich aber auch nicht mehr all zu viel ereignet zu haben. Die Zeit in der Provinz Chocó schien wie eingefroren.

Die Alten zeigten sich gesprächig und gaben Auskunft, was nicht verwunderlich war. Wer würde drei Fremden, die Kraft und Durchsetzungswillen ausstrahlten, nicht gerne Auskunft geben. Aber ein ortskundiger Führer war nicht aufzutreiben. Niemand schien bereit zu sein, sich einige Pesos extra dazuverdienen zu wollen. Esteban fand schnell heraus, dass die einheimische Bevölkerung das Land um Opas alten Besitz herum geradezu panisch mied. Man müsse schon völlig verrückt sein, um freiwillig das Gebiet zu betreten. Mehr war nicht aus den Leuten herauszubekommen. Den Rat, die Sache zu vergessen und wieder nach Hause zu fahren, reichten die Opis noch gratis nach. Ein Castro gibt aber nichts auf die Bedenken von alten Kackern. Jedenfalls wusste Niclas nun, wo er von der Schotterpiste zum Meer hin abbiegen muss. Die Trasse macht um eine Felsformation herum eine Biegung. Der Fels soll phallusartig in den Himmel ragen. Nicht zu verfehlen also. Ein Hombre mit einem von Furchen durchzogenen Ledergesicht legte seine schwielige Hand auf Castros Fensterbrüstung:

»Niemand der dahin gegangen ist, ist jemals wieder zurückgekommen«, sagte er bedeutungsvoll.

Castro nahm es freundlich zur Kenntnis und gab Niclas einen Wink, loszufahren.

Kapitel 5

Die Fürstin der Finsternis

Am phallischen Naturdenkmal angekommen hielt Niclas an, von einer Abzweigung war nichts zu sehen. Wo die einstmals von der Piste abführte, hatte die Vegetation die Zufahrt längst wieder völlig vereinnahmt.

»Ja dann eben zu Fuß«, sagte Castro.

Er begann seine Waffe zu überprüfen und tastete nach den Reservemagazinen. Seine Leute taten es ihm nach. Sicher ist sicher, man war ja schließlich vom Fach. Nach höchstens sechs- oder siebenhundert Metern stießen sie unvermittelt auf einfache Gebäudereste im fortgeschrittenen Verfall. Die Natur macht keine Gefangenen, sie holt sich alles zurück, was einst ihr Eigen war. Weiter vorne zeichneten sich dann auch schon die Umrisse des Trockendocks ab, das Esteban von einem Foto her kannte. Zugewuchert zwar, aber offensichtlich intakt. Das Gebäude hatte der alte Castro direkt gegenüber der Einfahrt in die ruhig und geschützt daliegende Bucht in die Felsen zementieren lassen. Sehr massiv und extrem teuer, aber Geld war in jenen Zeiten für den alten Castro kein Thema. Es floss täglich und reichlich und irgendetwas musste der Mann ja mit der ganzen Kohle machen. Opas Vorfahren waren auf dem Meer zu Hause gewesen und irgendwie war ihm das wohl noch im Blute gelegen.

Die schiere Größe des Betonklotzes machte Eindruck. Opa kannte wohl keine Grenzen. In diesem Augenblick entstand in Esteban so etwas wie Sympathie für den Alten, den er ja nie richtig kennengelernt hatte. Der Alte hatte offenbar Stiel. In Estebans Fantasie entstand ein Bild, wie Opa oben auf seiner Zweiundvierzig-Meter-Jacht vor Miami aufkreuzte. Wie Filmbeautys um einen Platz an seinem Tisch in den angesagten Clubs rangelten.

»Chef«, unterbrach Niclas Castros Gedanken. »Hier stimmt was nicht.«

»Hä... Was?«

»Es ist zu ruhig. Man hört nicht einen Vogel, weit und breit kein Leben um uns herum.«

Esteban lauschte.

»Tatsächlich, absolute Ruhe, nichts ist zu hören.«

»Keine Insekten, keine verfluchten Mücken«, freute sich nun auch Carlos in seiner Einfältigkeit.

»Das ist kein gutes Zeichen Chef«, sagte Niclas. »Hier stimmt etwas nicht«, wiederholte er sich.

Obwohl alles um sie herum so friedlich schien, tasteten die Männer, schon aus Routine, nach ihren Waffen. Sie gingen langsam weiter auf den Betonklotz zu. Kurz darauf übertrat Esteban, ohne sich dessen bewusst zu sein, eine unsichtbare Grenze, und einen Moment lang flackerte das Sonnenlicht. Einen Wimpernschlag lang wurde es völlig dunkel. Dann war wieder alles so, als wäre gerade nichts geschehen. Wenn man einmal von der völligen Abwesenheit von Vögeln und Insekten absieht, war alles wieder normal.

Sie gelangten schließlich vor ein zweiflügeliges Tor, groß genug für einen Lkw und scheinbar auch der einzige landseitige Zugang. Esteban holte den Schlüssel hervor, den er bei den Schiffspapieren in Opas Schreibtischschubladen gefunden hatte. Er sah sich kurz zu seinen Begleitern um. Niclas sah sich offenbar dazu genötigt, auffordernd zu nicken. Überraschenderweise funktionierte der Schlüssel auch nach einem halben Jahrhundert noch richtig gut. Als Esteban den Schlüssel wieder herauszog, wurde klar warum, der Schlüssel war voller Maschinenfett. Opa hatte vorgesorgt und das Schließsystem buchstäblich mit Mineralfett zugeschmiert. In diesem Moment hatte Esteban das Gefühl, Opa würde ihm über die Schulter blicken und breit grinsen. Trotzdem ließ sich der Torflügel nicht aufziehen. Es hatte sich einfach zu viel Dreck davor angesammelt.

Niclas wartete Castros Aufforderung gar nicht erst ab und schickte Carlos zum Wagen zurück, um den Spaten zu holen. Der durfte dann auch gleich den Dreck wegschaufeln.

Im Inneren wurde den Männern die Größe der Halle erst so richtig bewusst. Da lag im Halbdunkel der Halle die Jacht in einer gigantischen Hebevorrichtung. Opas Jacht, seine Jacht. Die machte aber abgesehen von der schieren Größe keinen besonders erhabenen Eindruck. Was hatte sich der Alte nur dabei gedacht, ihm dieses Monstrum zu hinterlassen? Für die Restaurierung wird Esteban ein Fass aufmachen müssen, vielleicht auch zwei.

Von oben ertönte ein Krächzen, dann ein Zweites. Die Männer blickten an den Wänden hoch, von wo her die heißeren Geräusche kamen. Dort befanden sich eine umlaufende, begehbare Galerie und Öffnungen in den Mauern, die etwas Licht hereinließen, aber wohl hauptsächlich der Luftzirkulation dienen sollten.

Auf der Galerie kauerten schwarze Vögel, die sich wegen des fahlen Lichtes, das durch die Mauerdurchbrüche hereindrang, in der allgegenwärtigen Düsternis nur schemenhaft abzeichneten. Die Augen des Federviehs leuchteten scheinbar von innen heraus. So ließ sich ihre Anzahl auf mehrere dutzend Vögel schätzen. Das war kein Krähenzeug, das sich tausendfach über das Saatgut der Bauern hermachte. Die waren größer als die echten Rabenvögel, von denen es weltweit gar nicht mehr so viele geben soll. Für diese Ansammlung großer schwarzer Vögel würde jeder Ornithologe in Freudentränen ausbrechen. Es war aber kein Ornithologe anwesend, sondern Castro mit seinen Männern.

Die Vögel begannen aggressiv mit ihren ziemlich zerfledderten Flügeln zu schlagen. Zehn oder zwölf davon stürzten sich wie auf ein geheimes Zeichen hin auf die Eindringlinge. Das Federvieh drang aufgebracht und krächzend auf die Männer ein. Harte Flügelschläge, scharfe Krallen und Schnäbel attackierten sie ohne Unterlass. Die Männer schlugen mit ihren blutig zerkratzten Armen um sich, um die Vögel auf Abstand zu halten. Mit wenig Erfolg, die Viecher waren einfach überall.

Fast gleichzeitig zogen sie ihre Waffen und schossen blind um sich. Einen der Vögel direkt anzuvisieren war schlicht unmöglich. Die schwarze Brut schlug ihre Krallen und Schnäbel wahllos in die Männer hinein. Die Mündungsfeuer machte die Situation noch unwirklicher. Die Schussblitze ihrer Waffen enthüllten Bilder einer schwarzen Hölle.

»Los raus«, schrie Castro gegen den Lärm der knatternden Flügel an.

Die Männer zogen sich in Richtung des Tores zurück, kamen aber kaum voran. Eine schwarze Wand aus schlagenden Flügeln verhinderte jedes weiterkommen.

Esteban dachte plötzlich an Hitchcock und daran, was einem im Angesicht des Todes so alles durch den Kopf geht. Die Männer standen Rücken an Rücken. Ihre Lage wurde zusehends aussichtsloser. Schon bald würden die Magazine leer geschossen sein. Dann würde es nur noch Minuten oder Sekunden dauern, bis die Viecher anfangen werden zu fressen und Fleischstücke aus ihren leblosen Körpern herausreißen.

Aus den Augenwinkeln heraus sah Castro, wie Carlos vornüber stolperte, und dann war er auch schon von schwarzen Flügen völlig überdeckt. Es schien, als würde Carlos noch gegen die Höllenbrut ankämpfen. Aber es waren die gefräßigen Vögel, die den leblosen Körper in Bewegung hielten. Der Streit unter den gefiederten Kreaturen um Carlos Fleischstücke verschafften Esteban und Niclas etwas Luft. Sie schlugen mit ihren nutzlosen Revolvern nach den Tieren und zogen sich mit wild umherschwingenden Armen weiter in Richtung Eingangstor zurück.

Plötzlich keimte Hoffnung auf, es doch noch schaffen zu können, bis Niclas stolperte und der Länge nach zu Boden ging. Sofort war die schwarze Pest über ihm. Esteban hörte seinen Verwalter noch einen schrillen Schrei ausstoßen, dann verstummten seine Laute in einem letzten Gurgeln. Esteban stand nun allein dem Teufelszeug gegenüber. Unablässig drehte er sich im Kreis, versuchte die erneut angreifenden Vögel abzuwehren. Er ahnte, dass er nicht mehr allzu lange würde standhalten können und verfluchte den dämlichen Gedanken, dass er dieses Erbe angenommen hatte.

Plötzlich ertönte ein schrilles, alles übertönende Krächzen und die Vögel ließen daraufhin von ihm ab. Sie wichen zurück und verstummten übergangslos, erstarrten förmlich und duckten sich vor dem Vogel, der diesen schrillen Schrei ausgestoßen hatte. Der Ring aus Federn, Leibern und Schnäbeln wich zurück, wagte sich dann aber wieder nach vorn. Der große, blauschwarz gefiederte Alpha-Vogel stieß erneut ein heißeres Krächzen aus und trieb die anderen damit endgültig in die Dunkelheit zurück. Castro starrte den Vogel entgeistert an. Was zum Teufel geht hier vor? Er konnte sich absolut keinen Reim auf die Geschehnisse der vergangenen paar Minuten machen.

Doch bevor er in seinen wirren Gedanken das Geschehene irgendwie begreifen konnte, umgab ihn und den Vogel eine leuchtende Blase wie von schwarzrot wabernden Blutes. Dahinter blieb alles im Dunkeln, nur die hasserfüllten Augen der Zurückgewichenen waren noch von innen herausglühend auf die Szene gerichtet. Hinter dem Vogel entstand ein Riss in der Raumzeit.

Castro blickte in etwas, was nur die Hölle sein konnte, Millionen nackte, schreiende Leiber, die in höllischer Glut zuckten, ohne je dieser Hölle entrinnen zu können. Und als sich das blutige Leuchten auflöste, stand anstelle des Vogels eine Frau vor ihm. Sie bewegte sich grazil und auffordernd mit langsam wiegenden Hüften auf den verblüfften Esteban zu. Ihre rosegoldfarbenen Katzenaugen, oder waren es Schlangenaugen, hinter langen Wimpern ließen unmissverständlich erkennen, dass diese Kreatur außer dem Körper eines Vollweibes nichts Menschliches hatte. Esteban, der genügend Erfahrungen mit der Weiblichkeit aufweisen konnte, dachte, ein Vamp und wurde augenblicklich bestätigt. Mit kehliger Stimme stellte sich die Frau vor:

»Mein Name ist Lady Vamp«, raunte sie gerade so, als hätte sie Castros Gedanken erraten. Dazu ließ sie ihre Fingerspitzen, respektive ihre scharfen Krallen sanft unter Estebans Kinn gleiten.

Gerade noch und vorerst dem sicheren Tode als Vogelfutter entronnen, materialisierte sich wie aus dem Nichts heraus eine aufreizende Femme fatale vor seinen Augen. Die Frau hatte eine frappierende Ähnlichkeit mit dem Bild einer Frau, das er im Schreibtisch seines Großvaters gefunden hatte.

»Mir scheint, ich habe vor Kurzem ein Bild von dir in den Händen gehalten. Wer bist du?«, sagte Castro.

»Wir waren mit Sergio Castro vereint.«

»Erstaunlich«, entfuhr es Esteban. »Dafür hast du dich aber richtig gut gehalten.«

»Ja, so könnte man sagen«, antwortete die Kreatur, ohne näher darauf einzugehen. »Dein Großvater und wir waren übereingekommen, für den Fortbestand des Königreiches der Schattenwelt einen Prinzen zu zeugen.«

»...!« Esteban war zum ersten Mal in seinem Leben völlig sprachlos, fing sich dann aber ziemlich schnell wieder. »Damit ich das richtig verstehe. Du bist die Person auf der Fotografie und ihr habt irgendetwas miteinander gezeugt?«

»Ja, nein!«

»Was jetzt? Ja oder nein?«

»Nein. Zu einer vorbestimmten Stunde sollte die Zeugung geschehen. Aber bevor es dazu kommen konnte, wurde dein Vorfahr Sergio Opfer eines Anschlages, eines politischen Anschlags. Wir mussten also vorerst von unseren Plänen, einen neuen Herrscher zu zeugen, Abstand nehmen.«

»Aha! Und als Erzeuger kam niemand anderes als Sergio Castro in Betracht?«

»So ist es. Für den jungen Fürsten der Finsternis waren spezielle genetische Eigenschaften unabdingbar. Die Castros tragen die Blutlinie des sumerischen Gottkönigs Uras weiter.«

Esteban schwante Übles.

»Damals, während der dritten Dynastie des alten Reiches Djoser und Sechem-het, hatte man unter der Führung des Schöpfungsgottes Chnum und Amun, den Herrn des Totenreiches, und Osiris, Göttin der Auferstehung, Uras in die Schattenwelt verbannt. Damit war die Blutlinie des Uras unterbrochen. Es gab da aber noch eine Cousine des Herrschers, deren Blutlinie besteht weiter und führt direkt zu dir.«

»Dann erklär mir doch noch, warum diese gefräßigen Bastarde so plötzlich von mir abgelassen hatten.«

»Als mir ein Tropfen deines Blutes auf die Zunge gelangte, erkannte ich die Blutlinie des Uras.«

»Sumerisch also?«

»Ja! Du kannst die Linie nicht verleugnen.«

»Wie sollte ich etwas verleugnen, von dem ich bisher nicht einmal wusste.«

»Ich sage es ja auch nur, um ein Missverständnis auszuschließen.«

Esteban begann grübelnd hin und her zu gehen, fasste dabei immer wieder die Erscheinung des Rasseweibes ins Auge. Erschwerend kam noch hinzu, dass die »Frau« nach ihrer Rückwandlung vom Vogel hin zur menschlichen Gestalt nicht die Zeit gefunden hatte, sich Kleidung zu beschaffen. Einen Castro störte so etwas nicht wirklich, war aber doch etwas irritierend. Na gut, soll sie doch rumlaufen, wie's ihr passt.

Lady Vamp sah ihn leicht amüsiert an. Hob dann auffordernd das Haupt.

»Na? Keine Fragen?«

Natürlich hatte Esteban Fragen, aber wo sollte er anfangen.

»Wie war denn das Verhältnis zwischen dir und meinem lieben Opa?«, fragte er schließlich.

»Unser Verhältnis war gut, richtig gut. Ein Win-win-Verhältnis, würde man heute sagen. Nach menschlichem Ermessen und in den Augen der Öffentlichkeit nahm man uns wohl als Paar wahr. Der harte Kerl und die geheimnisvolle Schöne.«

»Ja und, war's so?«

»Für ihn schon, denke ich. Er hatte einen prachtvollen bunten Vogel an seiner Seite. Männer schminken sich nicht, sie schmücken sich mit Frauen. Am meisten gefiel ihm wohl, dass alle anderen scharf auf mich waren und doch nicht wagten, ihre Hand nach mir auszustrecken. Hm-hm ...« Sie kicherte mädchenhaft verhalten. »Um bei den Tatsachen zu bleiben«, fuhr sie fort. »Für mich war seine Genetik von elementarer Importance. Das machte ihn zum erstrebenswerten Liebhaber für meine humane Seite.«

»Wie viele Seiten hast du denn?«

»Eigentlich nur eine in Variationen.«

»Soso, und was wird nun werden?«

»Ganz einfach. Ich helfe dir bei deinem Kampf gegen deine Feinde, und du schenkst dem Reich der Finsternis einen jungen Prinzen.«

»Wie soll das gehen?«

Lady Vamp schaute fast mitleidig auf ihn.

»Na auf die übliche Art und Weise und mit dem Segen des alten Fürsten der Unterwelt natürlich.« Mit einem Blick hin zu den glühenden Augen in der Finsternis, fuhr sie lapidar fort. »Ich bin die Herrin der Höllenbrut, und du machst die Jacht wieder seetüchtig. Dann werden wir weitersehen.«

»Was ist mit dem bisherigen Fürsten?«

Lady Vamp seufzte. »Der ist a bisserl müde geworden und wird auch nachlässig. Kein Wunder nach einer mehr als dreieinhalbtausend Jahre währenden Herrschaft.«

»Und die Höllenbrut, das sind wohl diese Vögel?«, sagte Esteban mit einem Blick zu den glühenden Augen hin.

Die Lady schüttelte den Kopf.

»Eigentlich sind das deine Vögel. Es war mal die Mannschaft der Jacht deines Großvaters. Ich konnte damals die

Männer dazu überreden, dem zukünftigen Fürsten der Finsternis zu dienen.«

Esteban nickte sinnend. Ihn schien jetzt und hier gar nichts mehr zu wundern.

»Da wäre noch die Frage nach der wahren Höllenbrut?«, wollte er dann doch noch geklärt haben.

»Die möchtest du nicht kennenlernen, glaube mir.«

Esteban, voll des Glaubens, meinte nur noch:

»Zieh dir etwas an!«

Kapitel 6
Die Jacht

Verflucht! Hier gibt es weit und breit keinen Empfang. Was noch zu Opas Zeiten ein völlig unbekanntes Luxusproblem war, zwingt jetzt Esteban dazu, einiger Telefonate wegen nach Nuquí zurückzufahren.

Die alten Kacker hielten sich an ihren Stühlen fest, als Esteban wieder vor der Cantina aufkreuzte, sonst wäre womöglich der eine oder der andere vom Sitz gekippt. Einige bekreuzigten sich, als sie Castro ansichtig wurden. Jetzt erst wurde Esteban richtig gewahr, welch desolates und bedauernswertes Bild er abgab, zerkratzt, die Kleidung in Fetzen und blutverkrustet, wie er war. Er sah an sich herunter. Ich denke, ich werde zuerst einmal die Kleidung wechseln und das Blut abwaschen.

Wenig später kontaktierte Esteban Werften und Industriebau-Konzerne. Innerhalb von drei Stunden hatte er dann erste, ernsthafte Kontakte hergestellt. Die Jacht würde restauriert und modernisiert werden, ohne jedoch das Äußere zu verändern. Patina und die Narben, die die Zeit dem Schiff zugefügt hatte, sollen erhalten bleiben. Zusammen mit dem ursprünglichen mattschwarzen Anstrich wird das Schiff dann die Ästhetik eines Freibeuters ausstrahlen. Und das Trockendock wird natürlich ebenfalls wieder instandgesetzt.

Einige Wochen später rollten die ersten Trucks in die Provinz Chocó. Die ehemalige Zufahrt zum Trockendock wurde wieder befahrbar gemacht, und Lady Vamp schickte die schwarzen Vögel während der Baumaßnahmen vorübergehend in Urlaub. Die herrliche Küstenlandschaft der Provinz Chocó bot sich dafür geradezu an.

Esteban hatte mit den beauftragten Firmen Barzahlung vereinbart, in Kolumbien nicht ungewöhnlich. Andererseits ist Geld zu zählen eine langweilige Tätigkeit. Dafür hat Castro den Pepe, der das schon seit jeher und auch ganz gerne macht.

Castro bewahrte die reichlich fliesenden Drogendollars zum Teil in vergrabenen Ölfässern auf. Er konnte auch nie genau sagen, wie viele Millionen sich in einem Fass einlagern lassen. Als Drogenbaron kann man ja nicht einfach mal so zur Bank gehen, um zentnerweise Dollarbündel einzuzahlen. Darum wird das gebündelte Papier, das nicht gleich wieder investiert wird, vorzugsweise vergraben. Aber glücklicherweise hat der Esteban ja einen Pepe, und arbeitsmäßig war der Pepe jedenfalls immer gut ausgelastet.

Teil 2

Kapitel 1

Miami

Estebans Ankunft in Miami geriet beinahe zum Eklat. Der Hafenmeister des weltgrößten Hafens für Kreuzfahrtschiffe und dem Jachthafen riet ihm, seinen Kübel doch woanders abzuwracken. Da Esteban allerdings New Yorker Bürger sei, sei es wohl das Beste, dahin zu fahren. Zwischen den glänzenden Jachten der Superreichen würde seine »Triton« doch nur unangenehm auffallen. Esteban ließ sich aber von einem engstirnigen Hafenkommandanten keineswegs beeindrucken.

»Meine Jacht ist ein Kulturgut und liegt voll im Trend der Zeit«, brachte Esteban dem guten Manne nahe. »Das ist aber offenbar in Miami so noch nicht angekommen.« Esteban gab den spleenigen Milliardär. »Es gibt einen Trend, ehemals schicke Automobile der 1940er, 50er oder 60er Jahre in automobile Ratten zu verwandeln. Die Fahrzeuge mit dem Charme angerosteter, ehemaliger Schönheit wiederzubeleben, ihnen eine neue Identität zu geben. Fahrzeuge wie Pontiac zum Beispiel, 54er Cadillac oder einen schlichten, rostigen VW-Bus mit Porsche-Technik in eine Undercover-Rennmaschine zu verwandeln. Meine Triton ist das Äquivalent zur See.«

Hafenmeister Osborne war den neuen Trends gegenüber wohl nicht sehr aufgeschlossen. Letztlich konnte man aber einem New Yorker Milliardär kaum an der Einfahrt hindern. Esteban parkte die Triton auf unbestimmte Zeit ziem-

lich weit hinten, aber nicht nur, um Osborne ein wenig entgegenzukommen.

*

Die schwarz gefiederten Bastarde hatten offenbar ihr altes Handwerk doch noch nicht völlig verlernt. Zurückverwandelt in ihr menschliches Äußeres rumpelten sie mit der Triton an den Pier. Auf der Brücke warf Esteban den beiden Offizieren missbilligende Blicke zu. Der Kapitän, der noch vor nicht all zu langer Zeit Esteban genüsslich aufgefressen hätte, verbeugte sich vor Lady Vamp.

»Verzeihen Sie, Fürstin Xerxa, aber die Mannschaft ist etwas aus der Übung.«

Die Lady winkte ihn huldvoll in seinen Bereich zurück. Solcherlei Gewöhnlichkeiten bereiteten ihr weder Kopfzerbrechen noch mochte sie generell nicht mit solchen Kleinigkeiten belästigt werden.

»Was redet der da«, wollte Esteban wissen. »Fürstin Xerxa?«

»Das sind mein Titel und Name«, sagte die Lady amüsiert. »Den Namen Lady Vamp gab mir dein Großvater. Ich denke, er fand wohl, das sei ein passender Name für die Herrin der Vampire. Ich bat ihn dagegen, die Jacht nach dem griechischen Meeresungeheuer Triton zu benennen. Es war einer meiner Mentoren vor meiner Einführung als Prinzessin in die Dynastie der Finsternis und des Reiches der Toten.«

Esteban wunderte sich inzwischen über gar nichts mehr. Und schließlich war er nach allem, was er bisher gehört hatte, selbst durch das Blut und die göttlichen Gene des Uras mit der überirdischen Götterwelt verbunden.

»Ich werde meinem Body jetzt etwas Ruhe und Sonne

gönnen«, verabschiedete sich Xerxa, inzwischen schon gelangweilt, von der Brücke.

Esteban blickte ihr gedankenverloren hinterher und dachte an Locco Barrera, die Drecksau aus Medellín.

Von der Brücke aus hatte man einen guten Blick über das Vorschiff, was eigentlich eines der Sonnendecks ist. Die Triton, einem aus dem Kampf zurückgekehrten Kriegsschiff ähnlicher als den luxuriösen Jachten in ihrer Nachbarschaft, zog Fotografen und Presseleute zuhauf an. Und als dann noch Xerxa damit anfing, sich äußerst dekorativ auf dem vorderen Sonnendeck zu räkeln, gab es kein Halten mehr. Am Abend werden alle Sender der Stadt die Bilder der seltsamen schwarzen Jacht verbreiten, und vor allem Bilder der aufregenden Frau auf dem Sonnendeck. Xerxa flimmerte in der Miniversion eines Minibikinis in alle Wohnungen Miamis hinein. Esteban und Xerxa waren mit einem Paukenschlag in Miami angekommen.

Kapitel 2

Covergirl

Esteban blickte noch einige Augenblicke lang über das Vordeck auf Xerxa, dann zu den Fernsehleuten hinüber und wieder zurück zu ihr. Xerxa tat für die Presseleute all die Dinge, die eine hübsche Frau in aller Unschuld und im Angesicht der Kameras eben so tut. Sie zeigt sich den Reportern von ihrer schillerndsten Seite. Esteban zugewandt zog sie ihre linke Oberlippe hoch und entblößte den dolchartig, blitzenden Eckzahn. Dazu zwinkerte sie ihm mit ihrem goldglänzenden linken Auge zu. Esteban musste unweigerlich lächeln. Wenn die wüssten, das »Lady Vamp« in ihren jungen Jahren schon einen König Herodes aus dem Konzept gebracht hatte. Na ja, was soll's, der schöne Schein war ja schon immer auch in Geheimnisse gebettet. Und die müssen ja auch nicht alles wissen.

Das Lächeln verschwand aus Estebans Gesicht, er griff zum Handy und wählte Viktor Mondezas Nummer.

»Wo bist du?«

Viktor, dem nicht bekannt war, dass sich Esteban in der Stadt aufhielt, stockte kurz.

»Ich bin in Bay Side am Coco Walk… Es ist Mittagszeit«, fügte er noch fast entschuldigend hinzu.

»Okay, ich bin unterwegs«, sagte Esteban knapp und klappte das Mobile Phon zu.

Viktor schaute freudlos auf das Menü, das man ihm gerade gebracht hatte. Er schob den Teller weg, der Appetit war ihm plötzlich vergangen.

Esteban trat an Viktors Tisch.

»Darf ich, Viktor?«

Der nickte und machte eine auffordernde Handbewegung.

»Setz dich Esteban. Du siehst mich überrascht. Du hättest deinen Besuch ankündigen können, dann hätten wir uns an einem angenehmeren Ort getroffen.«

»Was ist schlecht an Bay Side?«

Viktor blickte auf seinen kulinarischen Bay Side Burger.

»Das hier ist so ziemlich das Beste auf der Karte, und ich weiß doch, dass du kein Freund von belegten Brötchen bist. Zudem ist es hier sehr warm, und die vielen Touristen, na, du weißt schon.«

»Ich bin nicht zum Essen gekommen, Viktor. Ich muss mit dir reden.«

Viktor sah Esteban aufmerksam an, sagte aber nichts und nickte nur.

»Was hast du über die Drecksau aus Medellín herausgefunden?«

»Barrera…«, sagte Viktor gedehnt. »Barrera besitzt ein Industriegrundstück in Wimberley. In den Hallen betreibt er einen Handel mit gebrauchten Maschinen, Autoteilen und Bootszubehör, dazu verschiedenes anderes Zeugs. Aber viel Umsatz macht er damit nicht. Ich glaube nicht, dass irgendjemand davon leben kann.«

»Klar Viktor, wir wissen beide, dass die Drecksau den Handel nur zur Tarnung betreibt.«

»Das Gelände ist eingezäunt, und in einem abgetrennten Areal unterhält er eine Art Raubtierzoo mit Tierschau. Rottweiler, Mastiffs, Pitbulls. Man spricht von illegalen Hundekämpfen, auch Tier gegen Mensch.«

»Hm …, da wollen wir uns nicht einmischen, ist aber gut

zu wissen Viktor. Du hast nun die einmalige Chance zu beweisen, dass du das Geld, das du machst, wirklich wert bist.«

»Ja, wie denn?«, fragte Viktor dumm.

»Nutze deine Kontakte zur Zockerszene, Viktor. Wir werden uns dann beim nächsten Hundekampf unter die Wettprofis mischen.«

»Das ist eine verschworene und geheimnisumwitterte Szene, Esteban. Die lassen nicht jeden Dahergelaufenen mitspielen. Dazu finden die Showkämpfe stets an anderen Orten statt.«

»Du wirst das schon auf die Reihe kriegen, Viktor. Wir werden auf jeden Fall zum nächsten Treffen der Hundeliebhaber mit von der Partie sein. Lass dir etwas einfallen!«

Esteban verabschiedete sich mit seinem berüchtigten Lächeln, das niemand so richtig zu deuten wusste und schon so manchem das Blut hatte gefrieren lassen. Viktor war der Appetit nun gänzlich vergangen. Lass dir was einfallen, was denkt der sich eigentlich.

Viktor Mondeza gelang es dann jedoch tatsächlich einen Wettsüchtigen aufzugabeln, der bereit war, für heile Knochen sein Wissen mit anderen zu teilen.

*

Weit außerhalb Miamis, auf dem Gebiet einer heruntergekommenen Zitrusfarm, wird das Hundegemetzel nach 23 Uhr stattfinden. Der ängstliche Wettbruder hatte also nicht gelogen.

Xerxa, für die Estebans Vorhaben kein Geheimnis war, zwickte den Patron wie eine besorgte Mutter dem ungeratenen Sohn in die Backe. Dabei lächelte sie gönnerhaft.

»Ich möchte, dass du vorsichtig bist. Ich möchte nicht,

dass der junge Prinz noch vor der Zeugung den Vater verliert, hast du gehört. Ich möchte das nicht noch einmal erleben müssen.«

Esteban war nahe dran, sich für die fürsorglichen Worte zu bedanken, wollte sich dann aber schnell abwenden.

»Sch-sch-sch, warte Esteban. Du bist nicht mehr der Jüngste. Ich werde dir für dein Vorhaben etwas mit auf den Weg geben.«

Sie streckte ihre Hand aus. Vor ihren scharfen Fingernägeln entstand eine blutrotschwarz wabernde Öffnung, eine Membrane des Raum-Zeit-Kontinuums zwischen dem Hier und dem Schattenreich. Ohne zu zögern griff Xerxa in die Membrane, kaum größer als ihre Hand, und kam mit einem goldgefassten kristallenen Flakon wieder zum Vorschein.

»Drink das Elixier«, forderte sie Esteban auf.

»Hä?«, machte er verständnislos.

»Drink das Elixier«, wiederholte Xerxa nachdrücklich.

Zögernd griff Esteban nach dem Gefäß. Xerxa hob auffordernd ihr Kinn.

»Nun mach schon, du hast doch heute noch einiges vor. Also!«

Ergeben schlürfte er das Zeug. Schlecht schien es ihm jedenfalls nicht zu schmecken. Die Essenzen verteilten sich spürbar in seinem Körper. Mit seinen mehr als fünfzig Lebensjahren war Esteban immer noch eine kraftvolle und überzeugende Erscheinung. Damals, als er so Mitte zwanzig war und auf der Höhe seiner Kräfte, so fühlte er sich plötzlich wieder. Erstaunt sah er den Flakon an, mache »hm« und sah Xerxa verwundert an.

»Da ist nichts mehr drin, wirf es ins Wasser«, sagte sie.

Er tat es ohne Bedauern.

»Ich muss los!«

Xerxa blickte ungeniert auf seine Hose.

»Für den Prinzen haben wir jetzt eine richtig gute Prognose«, stellte das Wesen aus dem Schattenreich zuversichtlich fest.

»Ich muss los«, wiederholte er.

»Na los! Tu, was du tun musst.«

*

Esteban und Viktor, in Begleitung zweier seiner Männer, näherten sich der geheimen Kampfarena. Drei Dutzend Autos der Oberklasse parkten auf der freien Fläche vor dem Verladegebäude, wo einst Lastwagenladungen voller Orangen auf die Reise geschickt wurden. Die Fahrer der Wettverrückten und die Sicherheitsleute des Veranstalters lungerten herum und unterhielten sich miteinander. Man kannte sich augenscheinlich. Die erste Gesichtskontrolle vor der Zufahrt konnte noch ungestreift überwunden werden.

»Wo wollt ihr denn hin?«

»Ich muss mit Locco Barrera reden«, sagte Esteban wahrheitsgemäß. Den üblichen Namenszusatz »die Drecksau« sparte er sich für dieses Mal.

»Haben Sie einen Termin? Der Boss macht an Kampftagen keine Geschäfte.«

»Ist schon klar, Junge. Aber die Sache duldet keinen Aufschub. Wie ist dein Name?«

Bei dieser Frage fror das dumme Gesicht plötzlich ein. Es wollte unter keinen Umständen irgendwie auffallen.

»Fahren Sie durch, links sind noch freie Abstellplätze.«

In das Gebäude hineinzugelangen verlief dann aber nicht mehr so problemlos.

»Was wollt ihr hier?«, fragte der Aufpasser. »Ich habe eure Visagen noch nie gesehen.«

»Ist auch nicht verwunderlich, ich kenn dich auch nicht, muss aber dringend geschäftliche Dinge mit Locco bereden.«

Die Worte machten wenig Eindruck auf den stämmigen Typen. Er hatte die Statur eines Kampfsportlers und strahlte Vertrauen in die eigene Stärke aus. Der Kraftprotz griff in die Hosentasche und zog sein Handy hervor. Er drückte eine Verbindungstaste, das heißt, er wollte die Verbindung zu Barrera herstellen. Aber zu Estebans eigener Überraschung schien um ihn herum plötzlich alles wie in Zeitlupe abzulaufen.

Der rechte Zeigefinger des Mannes näherte sich mit kaum wahrnehmbarer Bewegung dem Tastenfeld. Esteban griff zu und nahm ihm das Handy ganz einfach aus der Hand. Für die Umstehenden geschah so etwas wie ein Wunder. Das Mobile Phon des Türstehers wechselte auf unerklärliche Weise in die Hand Estebans. In einer ersten Reaktion griff der Türsteher nach seiner Waffe. Und wieder geschah das Unglaubliche. Mit einer nicht wahrnehmbaren Bewegung nahm Esteban dem Typen den Colt Revolver mit seiner linken Hand ab. Mit der Rechten klatschte er ihm eine, sodass der Mann zu Boden ging.

»Verschwinde«, bot er dem am Boden Liegenden freundlich an.

Der tat, wie ihm geheißen wurde. Verwirrt wie er war, verdrückte er sich. Später würde ihm dann vielleicht klarwerden, dass er hier und heute noch einmal mit dem Leben davongekommen war.

Esteban und Viktor betraten das Innere der temporären Arena. Eine etwas überstylte 25-Jährige nutzte die Gelegenheit und schlüpfte hinter Viktor mit in die Kampfzone hinein. Auf den Armen trug sie einen goldig eingefärbten Pudel mit rosa Schleifchen oben auf. Zielstrebig ging sie auf einen Bieter, so um die sechzig, zu und sprach ihn von hinten an.

»Du Charlie, wie lange soll ich denn noch im Auto warten. Mir ist langweilig. Du hast versprochen, dass wir uns die Schmuckläden in der Miracle Mile anschauen und dann ins Van Dome fahren.«

»Wie bist du denn hier hereingekommen? Du solltest doch im Wagen bleiben.«

»Charlie«, wurde sie quengelig, »lass uns gehen.«

»Himmel, geh hinaus, ich habe zu tun!« Charlie blickte immer nervöser zwischen dem Käfig und seiner Freundin oder Ehefrau hin und her. »Verschwinde jetzt!«

»Wie redest du denn mit mir? Du hast es versprochen!«

Auch der Pudel nahm nun eindeutig Partei für seine Besitzerin ein und bellte Charlie unentwegt an.

»Mensch, ich habe gesetzt und der Kampf wird gleich losgehen. Also halte deine blöde Klappe und verschwinde endlich.«

Der Pudel ließ diese Frechheiten nicht durchgehen und kläffte ohne Unterbrechung weiter. In dieser Sekunde wurden die Hunde aufeinandergehetzt. Die Menge der Bieter um den runden Käfig herum wurde lauter und Charlie immer nervöser. Der Pudel schnappte nach Charlies Hand und hörte nicht auf zu kläffen. Charlies Nerven waren dem Ende nahe, er schnappte sich den Pudel und warf ihn über das Gitter in die Arena.

Pudeldame Süsse hatte für eine Sekunde lang zwei neue Spielkameraden. Einer der beiden Kampfhunde, ein Pitbull, machte den Fehler, nach Süsse zu schnappen. Diesen Augenblick nutzte der stämmige Mastiff, um sich in den Hals des Pitbulls zu verbeißen und damit die Oberhand zu gewinnen. Auf der anderen Seite des Gitters wollte Süsses Frauchen nicht mehr aufhören, durchdringend zu schreien und zu kreischen. Wegen seiner unbedachten Handlung hatte Charlie nun auf unbestimmte Zeit ein großes und ausgesprochen teures Beziehungsproblem. Um den Käfig herum brach ein allgemeiner Tumult aus. Die Hälfte der Bieter fühlte sich um den Wettlohn betrogen. Die Harmonie unter den Leuten war fürs Erste dahin.

Esteban interessierte das alles nicht, er war ja hier, um Barrera die Rechnung zu präsentieren. Der ahnte längst noch nicht, dass zu den aktuellen Problemen mit der Kundschaft gleich noch ein weiteres und weitaus größeres in Form und Person von Esteban auf ihn zukam. Als Locco das Problem auf sich zukommen sah, erstarrte er für einen Moment. Dann griff er automatenhaft nach seiner Waffe. Dass Esteban Castro hier so unvermittelt vor ihm auftauchte, bedeutete auf jeden Fall Ärger.

Esteban wunderte sich inzwischen schon nicht mehr darüber, was mit dem Blick auf Loccos Pistole geschah. Entweder drehte sich die Welt langsamer oder seine Reaktionszeit und seine Bewegungen wurden auf unerklärliche Weise beschleunigt, was er für wahrscheinlicher hielt. Aber wenn die Götter und Dämonen mit im Spiele sind, weiß man's ja nie?

Wieder wechselte die Waffe in einer Millisekunde in Estebans Hand. Er packte Locco am Kragen und zog ihn in den dunkleren Hintergrund.

»Du weißt, warum ich hier bin. Du hast mir Ware im Wert von zwanzig Millionen geklaut und meine Leute abgeknallt. Du musst blöde sein, wenn du glaubst, damit durchzukommen. Also, zwanzig Millionen und zahlbar sofort.«

»So viel kann ich auf die Schnelle nicht auftreiben, das weißt du!«

»Weiß ich nicht und ist auch nicht mein Problem. Ich erwarte das Geld morgen im Jachthafen«, sagte Esteban unfreundlich lächelnd. »Und denke daran, du kannst dich nirgendwo verstecken.«

Esteban entlud Loccos Waffe und warf sie ihm vor die Füße. Er drehte sich um und verließ zufrieden die Party.

Tags darauf lag Xerxa wieder dekorativ auf dem Vordeck und genoss die Aufmerksamkeit der versammelten Pressefotografen. Von Locco war dagegen nichts zu sehen und daran würde sich auch für den Rest des Tages nichts mehr ändern. Locco war offenbar zahlungsunwillig. Hätte mich auch gewundert, wenn die Drecksau zahlen würde, fühlte sich Esteban in seinen Erwartungen bestätigt.

Locco dagegen hatte beschlossen, das Problem Esteban Castro nun schnellstens auf die übliche, auf seine Art aus der Welt zu schaffen. Er schickte sein erprobtes Killerkommando zur Triton. Nach drei Uhr in der Nacht gingen zwei Schlauchboote neben der Triton längsseits. Dunkle Gestalten enterten die Jacht, geduckt huschten sie lautlos übers Deck und drangen in das Innere ein. Hier schien sich niemand Sorgen zu machen. Die Türen waren nicht verriegelt, die beiden Trupps arbeiteten sich von Kajüte zu Kajüte vor. Über ihre schallgedämpften Pistolen blickten sie in verlassene Räume. Wirklich seltsam, wer lies seine Jacht besatzungslos und einladend offen am Kay liegen? Ratlosigkeit machte sich breit. Die Killertruppe hatte das Schiff geentert, mit der Absicht, alles an Bord und vor allem Esteban Castro ins Jenseits zu befördern. Nun stiegen sie wieder leicht frustriert und unverrichteter Dinge in ihre Boote. Das wird dem Boss gar nicht gefallen, waren ihre Gedanken. Dass für das »Jenseits« andere Mächte zuständig sein könnten, daran dachten die Männer nicht direkt.

Als sie ablegten, ertönte das heißere Krächzen eines Vogels, das von anderen Vögeln beantwortet wurde. Die Männer blickten hoch. Auf der Reling der schwarzen Jacht saßen große schwarze Vögel, die sich« kaum erkennbar vor dem Hintergrund der mondlosen Nacht abzeichneten. Hässliche Viecher, dachten die Männer, ohne zu bemerken, wie sich die Vögel einige Zeit später daranmachten, ihnen zu folgen.

Stunden später, im Licht der aufgehenden Sonne, fanden die ersten Leute, die die Strände mit Metalldetektoren absuchten, zwei zerfetzte Schlauchboote. Im weiteren Umkreis lagen die Überreste von sechs Männern mit leeren Augenhöhlen und angenagten Knochen in ihren zerfetzten Anzügen. Für den einen oder anderen war das wohl zu viel, so kurz nach dem Frühstück, die Überreste eines Massakers um die Boote herum verstreut vorzufinden. Zwischen Fleischfetzen, blutigen Knochen und Innereien zertrampelten immer mehr Leute den Tatort und kotzten sich aus. Die Ermittler, die wenig später die Umgebung des Massakers absperrten, fanden kaum noch verwertbare Spuren vor. Etliche, außergewöhnlich große Abdrücke von Vogelkrallen fielen ihnen auf und deuteten auf Vogelfraß hin. Man konnte sich auf die Szenerie keinen Reim machen. Ihre leer geschossenen Waffen wurden aufgefunden, aber ohne einen Hinweis darauf, auf was oder auf wen sie abgefeuert worden waren. Später würde man die Überreste als polizeibekannt identifizieren. Der Fall wanderte vorläufig zu den Akten. Vielleicht würden sich später weitere Erkenntnisse finden.

Locco und seinen Leuten war nicht bewusst gewesen, dass es höhere Mächte gab, die eine Verbindung zum Jenseits herstellen konnten, ohne dafür Schusswaffen benutzen zu müssen.

*

Die Wettertante auf »Kanal 3« flimmerte gerade über den Bildschirm des TV Gerätes in Estebans Kabine und kündigte einen weiteren schönen Tag für den Großraum Miami an, als Xerxa im Bikini hereinschlüpfte.

»Gib mir bitte ein paar von den Dollarnoten«, bat sie ihn. »Ich will mir die Fußnägel lackieren. Die Fernsehleute warten schon.«

Esteban verstand zwar nicht, was Dollarscheine, Fußnägel und Fernsehleute miteinander zu tun hatten, aber er reichte ihr einige Zwanziger.

»Reicht das?«

»Aber ja doch, Schätzchen, das ist mehr als genug. Ich muss doch gut aussehen, wenn Locco, wie nennst du ihn immer?«

»Die Drecksau!«

»Genau Schätzchen. Wenn Locco die Drecksau heute aus den TV Nachrichten erfährt, was mit seinen Leuten geschehen ist, und gleich darauf deine Jacht und mich auf dem Schiffsdeck bewundern darf.«

Das hast du schön gesagt, Lady Vamp. Ich wünschte, ich könnte sein Gesicht sehen.«

»Ja, wirklich schade, Schätzchen, ich muss aufs Set«, verkündete Xerxa und begab sich auf das Vordeck.

In die TV Leute und Fotografen kam Bewegung und Xerxa machte auf dem Sonnendeck auf lieb und unschuldig. Das war sie den wartenden Presseleuten schuldig. So viel steht fest.

Wie zu erwarten, rastete Locco Barrera komplett aus, als er die Nachrichten von den zerfledderten Überresten seiner Killertruppe zwischen zwei TV-Spots sah. Sein Problem war also weiterhin präsent. Von Empathie für seine Leute aber keine Spur. Wie alle Alphatiere hasste er jeden, der ihm Thron und Position streitig machen könnte. Also vor allem Personen in seinem nächsten Umfeld. Loccos Laune ver-

schlechterte sich weiter und zusehends, als er auf dem Boulevard Kanal wiederholt Estebans Jacht mit der sehenswerten Frau auf dem Deck ansehen durfte.

Xerxa gab sich voll und ganz der Tätigkeit des Nägellackierens hin. Ein Bild voller Frieden und den Glücksmomenten einer Frau.

Nach dem Fächeln und Trocknen der Farbe entfernte Xerxa die zusammengerollten Geldscheine zwischen ihren Zehen. Eine leichte, angenehm erfrischende Briese ließ die Dollarnoten über Bord ins Wasser flattern. Xerxa schien es weder zu bemerken, noch zu bedauern. Sie kontrollierte stattdessen ihr Werk mit kritischem Blick und schien zufrieden.

Angesichts solcher Bilder gingen dem angefressenen Locco die Pferde vollends ganz durch. Er fluchte, tobte und wünschte Esteban, seinem gesamten Clan und all seinen Nachkommen die Pest an den Hals.

Als dann im besten, nachmittäglichen Licht die Presseleute ihre Bilder im Kasten hatten und befriedigt von dannen zogen, zog sich auch Xerxa ins Innere der Jacht zurück. Esteban lief ihr dabei geradewegs in die Quere.

»Schätzchen, du kannst stolz auf dich sein. Deine Bemühungen haben gefruchtet«, sagte sie lächelnd zu ihm.

»Was meinst du?«

»Ich spüre, wie der junge Prinz in mir wächst.«

»Das ging aber schnell«, sagte Esteban, ohne seine Überraschung zu verbergen.

»Na ja, ein paar Spritzer genügen dafür schon aus, das muss ich dir doch nicht erklären.«

»Nein-nein, ich meine, wie kannst du bereits nach drei Tagen sagen, dass du schwanger bist?«

»Also, das spürt eine Fürstin der Finsternis bereits in der ersten Sekunde. Das ist eben so, kannst du mir ruhig glauben.«

»Ich glaube es ja, na dann trinken wir später einen auf den kleinen Prinzen!«

»Genau Schätzchen, wie du willst. Aber nach dem anstrengenden Fotoshooting lege ich mich jetzt erst einmal hin. Bis später dann«, sagte sie und entschwand.

Kapitel 3
Amenseth versus Xerxa

Während der zu Ende gehenden 18. Dynastie unter der Herrschaft von Haremhab strebte der verschlagene Hohepriester Amenseth die Würde des Pseudopharaos an. Dessen Amt bestand darin, als Vertreter und im Sinne des Herrschers die gewöhnlichen Pflichten und Tagesgeschäfte auszuüben. Speziell dann, wenn der Pharao das Kriegshandwerk gegen fremde Eindringlinge oder abtrünnige Stämme und Provinzen ausübt. Wodurch er vermehrten Ruhm vor den Göttern und seinem Volke errang.

Amenseth machte aber den Fehler, sich nicht zu bescheiden und als einfacher Priester und Mensch nach dem Amt des Pharao zu trachten. Mit diebischen Stammesfürsten, die immer Mal wieder in das Reich eindrangen, um zu rauben und Beute zu machen, machte er gemeinsame Sache. Amenseth verriet Staatsgeheimnisse und damit seinen Pharao. In der Hoffnung, dass Haremhab während der Kampfhandlungen zu Tode kommen und er dann Pharao anstelle des Pharaos werden würde. Seine Pläne hatten aber keinen Bestand. Man kam ihm auf die Schliche und Gott Horus höchst selbst verbannte Amenseth in das Zwischenkontinuum, in die Membrane zwischen dem belebten Universum und dem Totenreich.

Fortan war Amenseth nicht am Leben und nicht tot. Amenseth war existent und zugleich nicht existent, ein elender Zustand, ein Dämon ohne Macht. Mache nennen so eine Zwischenexistenz Poltergeist. Aber so ist das eben, wenn man unausgegorene Pläne schmiedet. Er könnte einem glatt leidtun, der arme Irregeleitete. Seither findet er keine Ruhe und gleitet ohne Sinn durch die Zeit, wie das eben mit Poltergeistern so ist. Menschen erschrecken; zu mehr bringt es so einer halt nicht.

Fürstin Xerxa gehörte einer Nebenlinie des Herrschergeschlechts an. Der unwirkliche Amenseth hasste jedenfalls zutiefst alles und jeden dieser fast ausgestorbenen, zu Ende gehenden Dynastie. Dass nun ein Prinz in der Mache ist, der die Blutlinie derer von Haremhab weitertragen wird, bringt den hirnfreien Amenseth fast um den nicht existenten Verstand. Man könnte sagen, es bringt ihn fast um. Aber dafür reicht es eben nicht, dafür hatte Gott Horus ja schließlich mit der Verbannung aus beiden Welten gesorgt. In das Totenreich kommt er nicht rein, da kann er noch so viel Poltern, was ja irgendwann selbst einem Geist zu langweilig wird. Aber Amenseth hat im Laufe der Jahrhunderte viel geübt und seine kaum vorhandenen mentalen Kräfte weiterentwickelt. Er sieht nun Möglichkeiten, doch noch in die irdische Welt zurückzukehren, um seine Hassgefühle zu zelebrieren und Rache zu üben. Locco Barrera schien ihm dafür die geeignete Körperlichkeit und Avatar zu sein.

Das größte Problem für Amenseth war seine Körperlosigkeit und die damit einhergehende Verdammnis zur ewigen Untätigkeit. Ein Geist kann zwar gelegentlich mit kleinen Gimmicks auf sich aufmerksam machen. Aber mit Türenklappern und Stühle rücken lassen sich bestenfalls kleine Kinder und ihre Mütter einen Augenblick lang erschrecken. Kraft seines Willens Dinge zu bewegen oder Geräusche zu machen, fordert allerdings all seine mentalen Kräfte. Ob es ihm gelingen wird, Locco Barreras Körper zu übernehmen, wird sich noch zeigen müssen.

Zwei Stunden nach Mitternacht erschien ihm der ideale Zeitpunkt für die Okkupation Loccos zu sein. Auch ein Gewohnheitsverbrecher wie Locco Barrera zieht sich irgendwann in der Nacht zum Schlafen zurück. Dass er sein Schlafzimmer in dieser Nacht mit einem Dämon teilt, dass fällt ihm vorerst noch nicht auf.

Schon als Hohepriester hatte Amenseth einen ausgeprägten Hang zur Theatralik. Um sein jämmerliches Nichtvorhandensein aufzuwerten, rief er einen Riss im Raum-Zeit-Kontinuum hervor. Keinen echten Riss im Gefüge allerdings, nur so etwas wie einen billigen Abklatsch. Was aber fast schon all seine Kräfte überforderte.

Vor der Projektion eines schwarzblutig wabernden Risses zwischen den Welten zeichneten sich seine Umrisse ab. Amenseth nahm virtuell Gestalt an. In einem Spiegel im Hintergrund des geschmacklos-schwülstigen Schlafgemaches konnte er erstmalig nach dreitausend Jahren sein Abbild sehen. Selbst für ihn ein Schock. Wann hatte er sich in so ein satanisch-hässliches Wesen verwandelt? Mit Hörnern, Auswüchsen und dichtem Pelz besetzten Körperstellen. Wo war sein vornehmer Wickelrock? Gott Horus hatte ihm wirklich übel mitgespielt.

Der unechte Riss der Raumzeit erzeugte ein leises Knistern. Das Geräusch ließ die Frau, die neben Locco lag, zuerst blinzeln und dann verständnislos auf Amenseth blicken, eine Schrecksekunde lang. Dann sprang sie nackt und hysterisch schreiend aus dem Bett und rannte mit rudernden Armen aus dem Zimmer.

Locco grunzte, er hatte wohl noch genügend Restalkohol, was seine Reaktionen erheblich ausbremste. Gewohnheitsmäßig tastete er nach seinem Revolver, erstarrte dann aber mitten in der Bewegung und griff sich an die Brust. Amenseth umklammerte mit mentaler Kraft Loccos Herz. Das Organ hörte auf zu pumpen, der Blutfluss brach ab. Barrera spürte eine Art Muskelkater und fühlte, wie das Leben aus ihm wich. Er schlug sich gegen die Brust, wieder und wieder, bis ihm schwarz vor Augen wurde. Ohne Sauerstoff stellte sein Gehirn die Arbeit ein. Wenig später war Locco tot.

Amenseth löste die Zange um den Herzmuskel und brachte es wieder zum Schlagen. Er übernahm den Körper in dem Moment, als zwei von seinen Leuten hereinstürmten.

»Was ist los, Boss. Tina sagte ein Teufel wäre im Zimmer aufgetaucht?«

»Die hat wahrscheinlich schlecht geträumt«, sagte Amenseth lallend mit einer Zunge, die ihm nicht gehörte. »Verschwindet, lasst mich in Ruhe.«

Das hatte er sich einfacher vorgestellt. Und die Zunge war nicht das Einzige an Locco, das er fortan kontrollieren musste. Amenseth-Locco wollte von der Bettkante aufstehen, plumpste zurück und glich einem auf dem Rücken liegenden Käfer ohne Hoffnung, je wieder auf die Beine zu kommen. Tina öffnete vorsichtig die Schlafzimmertür und blieb unschlüssig zwischen Tür und Angel stehen.

»Steh da nicht rum, hilf mir hoch«, rief Amenseth lallend.

Tina kam vorsichtig näher.

»Nun mach schon«, schnauzte er die arme Tina an.

Die reichte ihm vorsichtig die Hand und vereint brachten sie Loccos lebendig scheinenden Leichnam in die Senkrechte. Tina sah mit großen Augen zu, wie Amenseth ungelenk auf wackeligen Beinen einige Schritte machte, zuerst im Kreis und gleich darauf frontal gegen den Schrank lief.

»Bist du betrunken?«

»Red' nicht so einen Mist und mach, dass du rauskommst.«

»Ich habe genug, ich gehe zurück zu meiner Mama. Immer werde ich nur angeschnauzt, wegen nichts.«

Amenseth-Locco hörte gar nicht zu, er war damit beschäftigt, die Gliedmaßen Loccos zu koordinieren. Er nahm Loccos Waffe an sich, die ja im Grunde, irgendwie und sowieso, seine eigene war und fuhr dann mit seinen Männern zur Triton. Noch zwei bis drei Stunden bis zum Sonnenaufgang, das müsste reichen.

Amenseth schaffte es irgendwie, aus dem Auto herauszukommen und zappelte zweimal im Kreis herum, bis er die Triton im Blick hatte.

»Bist du besoffen, Boss?«, mutmaßte Ricky.

Amenseth hörte gar nicht hin. Triumphierend kasperte er auf die Anlegestelle zu, unachtsam trat er neben die Kaimauer und fiel ins Wasser. Seine Leute wussten mit dem automatenhaften Gezappel des Bosses nichts Rechtes anzufangen. Sie halfen Loccos Zombieleiche trotzdem aus dem Wasser heraus. Amenseth hielt so ein kleines Missgeschick nicht von seinem Vorhaben ab. Inzwischen zur Wasserleiche mutiert, kletterte er zielstrebig die seitlich herabgelassene Gangway zur Triton hoch.

Loccos Leute waren weniger enthusiastisch. Der Boss verhält sich irgendwie ungewöhnlich, da ist es besser, sich erst einmal etwas zurückzuhalten. Keiner weiß genau, was hier eigentlich abgehen soll? Vielleicht ist der Boss mal eben komplett durchgeknallt, so etwas soll ja schon mal vorgekommen sein. Solche und ähnliche Gedanken schwirrten den Männern in den Köpfen herum.

Amenseth dachte nicht über die Bedenken von Loccos Mitarbeiter nach. Er schlich durch die Gänge, wenn man dessen unstetes Gehampel so nennen mag.

Xerxas Ka in der Zwischendimension zu lokalisieren fällt

dem nachtragenden Amenseth erheblich leichter als Loccos Leichnam zu kontrollieren. Er stoppt vor Xerxas Kabine. Gerade hatte er sich entschlossen, die Tür mit einem beherzten Tritt aufzutreten, als ihm einfiel, dass er das Stehen auf einem Bein noch gar nicht geübt hatte, geschweige denn, auch noch mit dem anderen Fuß zuzutreten. Also probierte er es erst einmal mit der Türklinke. Aber Xerxa, die ebenfalls in der Zwischenwelt zu Hause ist, rief fröhlich von ihrem Bett aus:

»Bist du es, Amenseth?«

Amenseth zuckte zurück. Verdammt! Wie soll er sich so an die Fürstin der Finsternis heranschleichen. Das hatte er nicht bedacht. Er betrat, quatsch, er wackelte trotzdem in das Schlafgemach der Fürstin hinein.

Die lachte ihn unverhohlen an:

»Du warst zu Lebzeiten ein hirnloser, verschlagener Beamter und hast in dreieinhalbtausend Jahren offenbar nicht das Geringste dazugelernt.«

Amenseth starrte Xerxa hasserfüllt an und fuchtelte mit Loccos Revolver vor ihrer Nase herum. Ihm schienen die Worte zu fehlen, um seinem Hass den nötigen Nachdruck zu verleihen.

»Amenseth, mach dich nicht zum Affen und verschwinde.«

Amenseth wollte gerade in seiner altägyptischen Beamtensprache so richtig loslegen, als er hinter sich Vogelkrächzen vernahm. Er blickte sich um, der Gang war voll von großen, schwarzen Vögeln. Über Loccos tote Lippen kam gerade noch ein Fluch in einem längst vergessenen altägyptischen Dialekt; dann fiel Loccos tote Hülle wie ein Kartoffelsack um. Die Vögel begannen sich augenblicklich um Loccos Leiche zu streiten.

»Gefressen wird an Deck, los raus mit euch«, befahl Xerxa.

Auf dem Vordeck gerieten die Vögel dermaßen in Fress-laune, dass sie sogleich begannen, auch Loccos Männer am Pier zu attackieren. Als der Morgen graute, stand da nur noch ein verlassener Chevrolet Caprice am Pier, der nie-mandem zu gehören schien.

Amenseth war unversehens wieder da, wohin er vor Ur-zeiten verbannt worden war. Nicht unter den Lebenden, nicht bei den Toten und schon gar nicht bei den Göttern und Dämonen. Dabei hatte er sich seine eingebildete Rache an der letzten Fürstin des Herrschergeschlechtes derer von Ha-remhab doch so schön ausgemalt. Er war und blieb eben nichts anderes als ein dummer ägyptischer Beamter, mit an-gelesener Bildung und übergroßem Ego.

*

Xerxa war die letzte verbliebene Trägerin der Blutlinie derer von Haremhab. Sie war im alten Reich aus der Verbindung ihrer Mutter, Königin Har-Em-hab und dem Schöpfergott Chnum hervorgegangen. Ihr wurde plötzlich bewusst, dass es der arme, irregeleitete Amenseth gar nicht auf sie, son-dern auf den jungen Prinzen abgesehen haben könnte. Nein, ganz sicher war der Prinz das Angriffsziel gewesen. Ohne ihn würde es für die Dynastie keine Zukunft geben. Aber woher kann dieser Hass, fragte sie sich. Sie wusste keine Antwort. Ich muss mit Esteban reden. Der sollte schon wis-sen, dass sich unser ungeborener Prinz bereits in Gefahr be-findet.

Amenseth war zwar ein Poltergeist aber auch ein Besesse-ner. Er begann damit, all die anderen verlorenen Seelen im Zwischenkontinuum für seine Idee eines großen Marsches auf Miami zu gewinnen. Die meisten der verbannten Seelen hatten ohnehin gerade nichts anderes vor und waren daher leicht zu rekrutieren.

Überall in Florida und den angrenzenden Staaten standen kürzlich Verstorbene von ihren Totenbetten auf und machten sich auf den Weg. Tote Busfahrer und Truckdriver stiegen wie selbstverständlich in abfahrbereite Busse und LKWs ein. So wie von einer Seite her Wiedererweckte auf die Fahrzeuge zu wackelten, rannten auf der anderen Seite reguläre Fahrgäste panisch schreien davon.

Die Sache kam ins Rollen. Ruckelig zwar und ohne auf Vorfahrtsregeln zu achten, aber immerhin. Schon zu Beginn kam es zu chaotischen Zuständen auf den Straßen und Kreuzungen der größeren Städte. Stur hielten die Zombie-Fahrzeuglenker ihr Ziel im toten Auge. Was im Wege stand und nicht rechtzeitig ausweichen konnte, kam unweigerlich mit den Bussen und Trucks in Kontakt. Es gab Schrott zuhauf. Busse hielten an, um blutverschmierte Unfallopfer zusteigen zu lassen. Die Apokalypse war kaum noch aufzuhalten. Ein Großteil der Busse und Trucks schafften es schließlich aus den Städten heraus bis auf die Highways. Mal auf dem Asphalt, mal daneben ging es holperig via Fort Lauderdale und sonst woher in Richtung Miami.

Alarmierte Horden von Polizeifahrzeugen rasten mit Sirengeheul und blinkenden Lichtorgeln auf den Dächern hinter den Bussen und Trucks her. Dabei krachten nicht wenige nach guter alter US-Polizeitradition zusammen oder überschlugen sich. Streifenwagenbesatzungen, die das Desaster nicht überlebt hatten, schlossen sich umgehend dem Zombiemob an. Dass die Neuzugänge auch noch bewaffnet waren, machte die Sache nicht direkt ungefährlicher. Mit eilig zusammengerufenen Police Cars wurden Straßensperren gebildet. Was die Vollgaszombies aber nicht im Geringsten beeindruckte. Es gab unweigerlich Schrott zuhauf. Die Idee, die Armee der Wiederbelebten mit Straßensperren aufzuhalten, wurde still und heimlich begraben.

Die Gouverneurs der südlichen USA riefen die Notstände aus.

Als die ersten Busse voller Zombies in das Hafengelände Miamis einfuhren, überkam Xerxa eine erste, unheilvolle Ahnung. Einige der Busse fuhren geradewegs durch und wegen den eingeschränkten Reaktionsvermögen der Fahrer direkt ins Hafenbecken. Oder sie knallten gegen die Bordwand der Triton, was man durchaus als unfreundlichen Akt werten könnte.

»Esteban, es wird Ärger geben … Riechst du das?«

Das ewig schöne und warme Wetter im südlichen Florida erreichte auch heute wieder Höchstwerte. Was Xerxas empfindliches Näschen eben noch flüchtig wahrgenommen hatte, war ein Vorgeschmack auf das, was auf die Stadt der Schönen und Reichen zukommen wird. Das größer werdende Heer von Untoten in den Straßen der Stadt rülpste, furzte und dünstete ohne Unterlass den Hauch des Todes aus. Auf den Straßen wurden die ersten Menschen ohnmächtig oder kotzten sich komplett aus, was die Situation nur noch verschlimmerte.

Der Gouverneur sah sich genötigt, die Nationalgarde, den Heimatschutz und US-Marshals anzufordern. Teile der Nationalgarde trafen schnell ein und forderten genauso schnell die gesamten vorrätigen Bestände an Gasmasken ihrer Einheiten an. Der Heimatschutz konnte infolge von Maskenmangel vorläufig nur bedingt an den Ausläufern der Stadt eingesetzt werden. Einen Notfall dieser Art hatten deren Oberen nicht auf dem Radar gehabt. Und für die US-Marshals ist eine Zombiearmee eine Angelegenheit der Militärs. Die Marshals reisten gar nicht erst an.

Im Grunde war die Situation Miamis aussichtslos. Untote Tote waren nun mal gar nicht so leicht umzubringen. Wenn man den Zustrom nicht würde stoppen können, war die Stadt verloren. Den Stadtoberen wurde jedoch schon bald klar, dass sich der Run der Zombies auf die Triton konzentrierte. Der Wahnsinn musste also mit der schwarzen Jacht irgendwie in Verbindung stehen.

Bürgermeister Jeff Jefferson schickte einen Helikopter zum Jachthafen, um die Lage zu sondieren. Es zeigte sich dann tatsächlich, dass die Untoten allesamt direkt zu der verdammten Jacht hinströmten. Nun ja… Strömen ist wohl nicht der exakte Begriff für das Dahinwackeln derer, welche früher einmal ganz normale Bürger waren.

»Irgendetwas auf der Jacht zieht diese Zombiehorde magisch an«, mutmaßte Jefferson vor dem versammelten Stadtrat. »Es wäre wohl das Einfachste, das Schiff aufs offene Meer zu schleppen. Aber immer neue, schwere Trucks und Busse blockierten das Hafenbecken. Die Schlepper kommen so nicht an die Jacht heran. Hat jemand eine Idee?«

Jeffersons Sekretär hob die Hand.

»Sprich mit der Führung der Nationalgarde, Jeff. Die sollen die Personen, die sich auf dem Schiff befinden, herunterholen.«

»Okay, stell mir eine Verbindung her.«

Wenig später sprach Jefferson mit General Rednek und bat um eine Einsatztruppe, um die Personen vom Schiff herunterzuholen. Rednek, immer schnell dabei, seine Männer an die vorderste Front zu schicken, sagte natürlich sofort zu.

»Thanks, General.«

Jefferson war fürs Erste erleichtert. Ab sofort sind die Profis am Zug. Apropos Zug: Nicht jeder weiß, wo's langgeht.

Ein Zug voller Zombies ist in voller Fahrt in Richtung Denver unterwegs. Die alarmierten Schaltwerker in den Schaltwerken leiten den Zug so lange um, bis es nichts mehr umzuleiten gab. Die Diesellok mit achtzehn Wagons im Schlepp raste am Gleisende mit vollem Karacho über den Prellbock und legte Teile der Central Station in Schutt und Asche.

Redneks Elitetruppe seilte sich währenddessen von Helikoptern auf das Deck der Triton ab. Die Männer durchkämmten das Schiff bis in die hintersten Winkel, fanden aber nur zwei Personen vor, Xerxa und Esteban.

»Sie sind Verhaftet«, klärte der Lieutenant die beiden auf. »Wir müssen Sie bitten, mitzukommen. Handschellen!«, kommandierte er.

»Was soll das, mit welchem Recht?«, frage Esteban. Und Xerxa flüsterte er zu: »Mach, dass du wegkommst.«

»Ich lasse dich hier doch nicht allein zurück.«

»Himmel! Tu, was ich sage.«

Sie aber blieb. Beiden wurden Handschellen angelegt. Dann brachte man sie schnell zu dem Helikopter, der mit laufendem Rotor auf dem Oberdeck wartete. Man stieß sie förmlich hinein und der Heli hob schnell ab. Sie saßen eingequetscht zwischen den bewaffneten Leuten der Einsatztruppe. Niemand sprach etwas. Es schien sich tatsächlich und ausnahmsweise einmal um Vollprofis zu handeln.

»Warum fliegen wir nach Westen«, wollte Esteban von dem Lieutenant wissen.

»Das ist nur zu ihrer Sicherheit«, antwortete der Lieutenant knapp.

Unter ihnen glitten bereits die Ausläufer der Everglades dahin. Ein Schwarm großer schwarzer Vögel folgte den Helikoptern.

»Bleib ruhig«, sagte Xerxa zu Esteban. »Die Leute machen sicher das Richtige.«

»Da bin ich anderer Meinung.«

»Hören Sie auf Ihre Frau. Das alles dient nur zu ihrer Sicherheit.«

Nach nicht einmal einer halben Stunde Flug landeten die Helikopter auf festem Untergrund, südlich des Miccosukee Indian Reservation, nahe einer Park Ranger Station. Man brachte sie in die etwas zu groß geratene Blockhütte, worin sich sonst die Parkwächter zur Kaffeezeit trafen. Ein halbes Dutzend hoch dekorierte Uniformträger warteten bereits und hielten sich nicht lange mit Vorreden auf.

»Jetzt erzählen Sie mal, was Sie mit diesem Spektakel von hunderten oder gar tausenden Zombies zu tun haben.«

»Ich weiß nicht, was Sie meinen?«

»Wollen Sie uns für dumm verkaufen?«, platzte es aus dem Colonel mit dem auffälligsten Lametta an Brust und Mütze heraus.

»Wir wissen gar nichts, Mister.«

»Colonel Heinlein!«

»Wir wissen gar nichts, Colonel Heinlein.«

Ein Soldat erschien und meldete, dass sich die Zombieinvasion jetzt genau auf das Blockhaus zubewegt.

»Na also«, triumphierte der Colonel mit dem Lametta. »Sie hören es ja, nun reden Sie endlich.«

Ein zweiter Melder kam herein und bat ums Wort. Heinlein winkte ihn mit der Hand heran.

»Die Zombies haben zuhauf propellergetriebene Air-Boote geentert und befinden sich in voller Fahrt in unsere Richtung. Und draußen sitzen große schwarze Vögel in den Ästen der Mangroven. Die sehen irgendwie bösartig aus.«

Heinlein wurde langsam sauer. Bevor er wütend loslegen konnte, sagte Esteban:

»Wirklich, Colonel, wir wissen so wenig wie Sie, was da los sein könnte.«

Heinlein wandte sich seinem Adjutanten zu.

»Wir brauchen Verstärkung und irgendeinen Spezialisten, der weiß, wie man Tote tötet.«

Der Mann salutierte und zelebrierte einen perfekten Abgang. Heinlein klopfte mit den Fingerspitzen einen Soldatenmarsch auf den Tisch und stierte angestrengt Löcher in die Hüttenluft.

»Sperren sie die Beiden in einem Nebenraum ein«, wies er nach einer Weile den Lieutenant an. »Vielleicht werden wir gezwungen sein, sie den Zombies zum Fraß vorzuwerfen.«

Die ersten Airboats trafen zugleich mit den Alligatoren ein, die auf fette Beute hofften. Und die Verstärkung landete mitten im Desaster. Die Männer begannen sofort auf die Airboats zu feuern, was aber keinerlei Wirkung zeigte. Die Zombies rasten im Kugelhagel todesmutig und stoisch weiter auf die Hütte zu. Heinlein sah sich schon bald genötigt mehr Verstärkung und Hovercraft Boote einer speziellen Marinebasis anzufordern.

Die schwarze Brut der Triton schlug aufgeregt mit den zerzausten Flügeln. Von den beiden eintreffenden Hovercrafts fühlten sie sich dermaßen provoziert, dass einige von ihnen in die Brücken der Boote eindrangen und für mächtige Verwirrung sorgten.

»Was sind das nur für Vögel«, dachte der Lieutenant laut nach.

Die beiden Hovercrafts krachten prompt zusammen, was aber Bauart bedingt folgenlos blieb. Und ein erstes Airboat mit fünf Zombies an Bord zerschellte mit Höchsttempo an der Hütte der Parkaufseher. Da braucht es schon mehr als so ein Bötchen, um die massiven Baumstämme der Hüttenwände zu knacken. Der Rotor des Bootes löste sich und flog beleidigt weiter.

Die Heimatschutztruppe hatte nun ein echtes Problem. Worauf sollte man zuerst schießen, auf Zombies oder auf die Alligatoren? Die Alligatoren sind rascher auf ihren kurzen Beinen. Trotzdem, wollte man eher von einem Alligator oder von einem wild gewordenen Zombie gebissen werden. Keine leichte Frage. Außerdem ging den Männern langsam die Munition aus.

»Warum bist du nicht ins Reich der Finsternis geflohen, Xerxa?«

»Ich lasse dich doch nicht mit all den Verrückten hier zurück. Außerdem ist das meine Entscheidung.«

»Na großartig. Jetzt muss ich mir auch noch Sorgen um dich machen.«

»Ich kann mir schon selber helfen, und zwar jetzt.«

Um Xerxa herum entstand das bekannte schwarzblutige Wabern.

»Gut, dass du auf mich hörst und endlich verschwindest.«

»Psst!«, machte Xerxa. »Ich rufe die alten Götter an.«

Esteban sah und hörte nichts.

»Was ist los? Sind die Leitungen unterbrochen?«

»Pscht«, machte Xerxa erneut. »Ich habe Kontakt zur Muttergöttin Mut und ihrem Gemahl Amun. Ich rede mit ihr von Fürstin zu Göttin, also von Frau zu Frau, damit auch du es verstehst.«

Heinlein platzte in dem Moment herein, als Göttin Mut als strahlend helles Licht erschien. Xerxa lies sich von Heinlein jedoch nicht stören. Störend waren nur die Reflexionen seiner Auszeichnungen, die er regelmäßig zu polieren pflegte. Heinlein erstarrte und Xerxa unterhielt sich tonlos mit der Göttin:

»Dieser aus beiden Welten verdammte Amenseth trachtet

nach dem Leben des ungeborenen Prinzen der Finsternis in meinem Leib. Er hat die verstoßenen Geister des Zwischenkontinuums bewogen, mich mit Hilfe von wiederbelebten toten Leibern anzugreifen und zu töten. Ich bitte dich, verehrte Göttin Mut, dem jungen Prinzen deinen Schutz zu gewähren.«

Für Esteban und Heinlein war das gleißende Licht im gleiche Moment schon wieder erloschen, wie mal eben kurz an und ausgeknipst.

»Was ist los, Xerxa? Wo ist die Göttin?«

»Ich habe der Göttin Mut das Problem geschildert. Sie wird etwa für den Prinzen unternehmen.«

»Aber da war doch nur dieser kurze Lichtblitz?«

»Das war die Göttin, als ich mit ihr gesprochen habe.«

Esteban sagte lieber mal nichts mehr. Er würde seine alte und neue Verwandtschaft wohl niemals so richtig verstehen können.

Die Götter Amun, der Gott des Totenreiches und Osiris, die Göttin der Auferstehung griffen in das Geschehen ein. Und die verdammten Seelen in der Zwischenexistenz materialisierten ohne Umschweife zurück in das Reich der Lebenden.

Als einer der Ersten fand sich Amenseth in seinem reichverzierten Wickeltuch um die Hüften geschlungen in der irdischen Wirklichkeit wieder. Mit der Rematerialisierung auf einem rasenden Airboat war Amenseth völlig überfordert. In Panik und mit schriller Stimme schreiend, fürchtete er plötzlich um sein erneuertes Leben. War er doch zu seinen Lebzeiten nie schneller als die allgegenwärtigen Esel im alten Ägypten unterwegs gewesen. Amenseth musste sich nicht Lange ängstigen. Als einer der frühen Poltergeister währte seine Existenz nur wenige Minuten. Sein Körper zerfiel zu Staub und wurde vom Propeller des Bootes in Windeseile über den Everglades verteilt. Amenseth war weder im Hier noch im Dort angekommen. Dabei waren die Tore zur Hölle für ihn zum Greifen nah gewesen.

Die Hölle steht nicht jedem offen. Geister und verlorene Seelen werden einem strengen Auswahlverfahren unterworfen. Und dann gibt es ja auch noch die lange Warteliste. Da kann die Aufnahme in den exklusiven Club der Bösewichte schon mal ein- oder zweitausend Jahre dauern. So lange muss eine marodierende Seele hoffen, sich letztlich und endgültig nicht ins Nirwana aufzulösen.

Nach und nach erschienen bekannte Kotzbrocken wie Charles Manson, Attila der Hunne und ein gewisser Pol Pott, der Millionen Kambodschaner auf seinem nicht vorhandenen Gewissen haben soll in der irdischen Wirklichkeit der amerikanischen Südstaaten. Attilas Staub wurde schon nach zwanzig Minuten von einem lauen Lüftchen über Miami ins Vergessen verblasen. Manson und Pol Pott durften dagegen noch auf ein etwas längeres Restleben von ein oder zwei Stunden hoffen. Ebenso wie GröFaZ Adolf Hitler in seiner babypampebraunen Uniform.[2] Zwischen Milliardenbetrügern und ganz gewöhnlichen Massenmördern erschienen sowohl Priester und Päpste, wie auch Könige und Feldherren in der realen Welt. Nero, in seiner cremeweisen Toga, krachte mit dem zweiten Airboat gegen die Blockhütte der Parkwächter. Die Hütte erwies sich auch dieses Mal als äußerst widerstandsfähig. Nero nicht.

»Hast du das gehört, Xerxa?«

»Das war Nero, der Kaiser. Na, du weißt schon, der ist jetzt endgültig dahin.«

»Aha ... na gut, wenn du das sagst?«

Auf anderen Airboats drängelten sich plötzlich Zombies,

Richter und Anwälte um die besten Plätze. Wer in den Sumpf fiel, hatte von seinem neuen Leben nicht mehr viel zu erwarten. Herbeiströmende Alligatoren und Anakondas machten fette Beute, die allerdings, kaum im Magen angekommen, schon wieder zu Staub verfiel. In den Everglades entwickelte sich ein nie gekanntes Tohuwabohu.

Xerxa holte Verstärkung herbei und ließ die übelste Vampirbrut aus dem Schattenreich über der Szenerie los. Schwarze Schwärme, lederhäutig, mit ein Meter vierzig Flügelspannweite und scharfem Biss, kreisten über Florida. Da wo die berüchtigtsten Mistkerle der Geschichte materialisierten, wurden sie auch schon von der schwarzen Brut attackiert. Das ging aber nicht immer glatt vonstatten. Vampire, die aus Versehen an einen Zombie gerieten, spuckten angewidert aus. Igitt, Untote sind echt zum Kotzen.

Alles in allem sah es so aus, als würde hier und jetzt das größte Großreinemachen ever stattfinden. Weltweit konnten Menschen vor den Bildschirmen verfolgen, wie in den Straßen von Miami die übelsten Diktatoren und Alpha-Affen der Geschichte von zum fürchten hässlichen Vampiren vom Blute entleert wurden.

Die in Stein gehauenen Kreaturen und Bildnisse der Apokalypse an Kirchenmauern schienen auf unerklärliche weise Wirklichkeit zu werden. Gerade so, als wäre das alles schon einmal real gewesen.

Kapitel 4

Götterkriege

Wer glaubt, Götter leben im Himmel, der kommt dem schon sehr nahe, muss aber noch etwas weiterdenken. Bis zum Sirius zum Beispiel. Und wer glaubt, unter den Göttern sei alles Sahne, der irrt gewaltig. In fünftausend Jahren alten Sanskrit-Texten und Legenden wird recht anschaulich beschrieben, wie die verschiedenartigsten Götter sich eifersüchtige Kriege untereinander lieferten. Wobei es vermutlich um nicht weniger ging, als Einflussnahme auf die Erde und die Menschen zu nehmen. Ein Gott ohne Gefolge und Publikum ist ja weniger als nichts, wie wir alle wissen. Man könnte auch sagen: Erst der Glaube belebt die Götterwelt.

*

Hastig und aufgeregt tauchte der Lieutenant mit drei Soldaten im Gefolge im Abstellraum auf.

»Handschellen anlegen, los-los, wir müssen hier weg«, rief er. »Da draußen ist die Hölle los.«

»Im wahrsten Sinne«, kicherte Xerxa Esteban ins Ohr.

»Was soll das!«, rief Esteban ebenso laut. »Wir werden schon nicht weglaufen inmitten der Pampa.«

»Na los, aufstehen, machen Sie schon.«

»Was denn, jetzt, wo wir uns gerade so richtig nett eingerichtet haben. Was ist eigentlich los? Sie sind ja völlig aus dem Häuschen, Lieutenant.«

»Keine Diskussionen. Ich habe meine Anweisungen, Mister ... äh ... Dings.«

»Die Höflichkeit in Person«, sagte Esteban zu Xerxa. »Ein echter Offizier und Gentleman ... Castro«, sagte Esteban zum Lieutenant gewandt. »Castro!«

»Castro, ja richtig«, wiederholte der Soldat nervös.

Aber alles Gerede nützt nichts. Sie wurden erneut auf eines der Hovercrafts verfrachtet. Der Mann hatte wohl recht. Vor der Hütte spielten sich unglaubliche Szenen ab. Na dann, dachte Esteban.

Die beiden Hovercrafts entfernten sich mitsamt den eingesammelten Soldaten mit Höchstgeschwindigkeit vom Ort des Geschehens. Die Schwärme der Airboats, die schwarzen Vögel und die lederhäutigen Blutsauger schwenkten wie auf Kommando auf den neuen Kurs um. Während die Schwarzen und die Lederhäutigen hinter den Hoovers herjagten, attackierten sie sich voller Hass untereinander. Und zu allem Übel kamen immer noch weitere Verfolger hinzu. Inzwischen flogen auch Helikopter mit dem Run mit, militärische und TV-Helis. Die Sache entwickelte sich zum Medienspektakel.

In Absprache mit dem Gouverneurs der angrenzenden Staaten, kam man überein, Xerxa und Esteban auf ein Schiff der Marine zu bringen und dann auf den Atlantik hinauszufahren. Man machte sich Hoffnung, auf diese Art wenigstens das Zombieproblem loszuwerden, indem man die Untoten blindlings ins Meer marschieren lies. Was dann auch geschah. Eine Art Massenseebestattung. Xerxa und Esteban hatte man erneut in einer Kabine eingeschlossen.

»Da kann ich doch nix dafür, Luzifer«, sprach Xerxa plötzlich in den Raum hinein.

»Was redest du da?«, fragte Esteban mit einem schrägen Blick zu Xerxa hin.

»Pscht! Sei ruhig, ich unterhalte mich gerade mit Luzifer.«

»Ach soo, darum ist die Luft hier drinnen auf einmal so schwefelhaltig.«

»Jetzt red' keinen Unsinn, Schätzchen. Luzifer ist sauer auf mich. Er sagt, ich würde mich in seine Kompetenzen einmischen. Amenseth und all die anderen verlorenen Seelen im Zwischenkontinuum würden ihm gehören. Dass Amun Re und Mut die Seelen im Nirwana ins Nichts auflösen werden, findet er gar nicht gut.«

»Kann ich mir vorstellen, Xerxa. Satan muss sein Höllenfeuer mit frischen Seelen am lodern halten.«

»Du kennst dich damit aus?«, fragte Xerxa verwundert.

»Nein, wie kommst du darauf. Ich habe mir das gerade erst ausgedacht.«

»Trotzdem ist es so, der Fürst der Hölle braucht die Seelen um die Flammen in der Hölle anzufachen.«

»Ach tatsächlich!«

»Genau, Schätzchen. Aber die Seelen gehören ihm gar nicht. Die Seelen gehören den Göttern.«

»Ja, aber was will er denn dann, der Satan der?«

»Die Götter sind sich nie ganz einig. Das ist Politik. Also, sie wissen es nicht genau und streiten sich deshalb, Schätzchen. Aber das geht uns doch alles nichts an, wir sollten von hier verschwinden.«

»Genau Xerxa, jetzt wirst du endlich vernünftig… Trotzdem liegt da immer noch ein Hauch von Schwefel in der Luft.«

Xerxa verdrehte ihre Augen. Musste dann aber doch grinsen. »Jaja, schon gut. Wir müssen hier weg«, wiederholte sie sich.

Eine unübersehbare Anzahl Zombies sind mit Todesverachtung dem Kriegsschiff der US-Navy ins Meer gefolgt. Ein nie dagewesener Massenexitus lebender Toter. Xerxa wandte sich erneut an Amun Re und Mut:

»Ihr Götter, hört mich an. Ich bitte euch, Esteban, den Erzeuger des künftigen Fürsten der Finsternis, von diesem Ort an einen anderen Ort zu transmittieren.«

»Was? Was war denn gerade? Du wirktest so abwesend.«

»Ich habe die Götter gebeten, dich von hier fort zu transmittieren. Du kannst ja nicht durch Wände gehen. Und weil du so unvollkommen bist, brauchen wir die Hilfe der Götter.«

»Dann bin ich den Göttern jetzt was schuldig?«

»Nein-nein, Schätzchen. Du hast deine Schuldigkeit schon getan, schon vergessen? Durch dich wird der junge Prinz in der Unterwelt Einzug halten.«

»Aha! Na, das ist ja echt nett von den Göttern. Und wie... In einem weißen Nebelzyklon verschwand Esteban und materialisierte im selben Moment auf seiner Jacht. »... soll das gehen? ... Aha, das war's schon. Interessant.«

»Und weg ist er. Na, dann werde ich ebenfalls verschwinden.«

Xerxa schlüpfte in den schwarzblutig wabernden Raumzeitriss. Sie musste allerdings den Umweg durch das Schattenreich nehmen, um auf die Jacht zu gelangen. Es gibt eben doch kleine und feine Unterschiede zwischen Göttern und Dämonen.

Kapitel 5

Der junge Prinz

»Wie ist es dir ergangen Schätzchen?«

»Seltsam. Ich wollte gerade noch etwas sagen und im nächsten Moment war ich schon hier.«

»Esteban hör mal zu. Ich spüre, dass das Ereignis der Prinzengeburt bevorsteht. Darum muss ich ins Schattenreich zurückkehren und die Vorbereitungen treffen.«

»Was denn für Vorbereitungen?«

»Die Götter und Dämonen müssen die Legitimität des Kindes bezeugen.«

»Ja… So etwas kann ich mir in den Kreisen, in denen du dich bewegst, durchaus vorstellen. Da wird mein Typ sowieso nicht von Belang sein, denke ich.«

»Da denkst du richtig, Schätzchen. Die Anerkennung des Kindes durch die Götter ist für den Status des zukünftigen Prinzen des Schattenreiches von existenzieller Importance. Natürlich auch für den Erhalt der Götterwelt insgesamt.«

»Also, dann werden wir uns in Kolumbien wiedersehen, wenn es den Göttern recht ist. Ich muss vorher nochmals nach New York um die Dinge zu regeln. Ich werde mich in Zukunft anderen Geschäften zuwenden. Sagen wir mal, etwas legitimeren Geschäften.«

Esteban und Xerxa verabschiedeten sich voneinander. Kurz darauf öffnete sich der Riss im Raum-Zeit-Kontinuum und Xerxa löste sich vor seinen Augen auf.

*

Xerxa hatte sich in das Reich der Finsternis zurückgezogen um ihr Kind ins Leben zu bringen. Etwa zur selben Zeit trat Esteban auf die Freifläche vor seinem New Yorker Penthaus hinaus. Er ahnte in diesem Augenblick nicht, dass er sich im Fadenkreuz eines Auftragsmörders befand. Er starb in dem Sekundenbruchteil, in der ihn die Gewehrkugel traf. Noch während sein Körper nach hinten geschleudert wurde, verlor er sechs Gramm seines Körpergewichtes. Estebans Ka oder seine Seele hatte ihn verlassen, noch bevor er auf den Boden aufschlug. Was dann auf der Dachterrasse lag, war nur noch die leere Hülle dessen, was einmal Esteban ausgemacht hatte.

Das geschah in dem Moment, als der kleine Prinz den Geburtskanal passiert. Als Xerxa von Estebans Tod und Schmerz übermannt wurde, wusste sie, was geschehen war. Als ihr der kleine Prinz auf die Brust gelegt wurde, vereinigten sich höchstes Glücksgefühl mit unbändigem Zorn über das Geschehene in ihr.

Über New York brach noch in derselben Nacht ein nie gekanntes Unwetter herein. Menschen, die sich vor den Blitzen und dem Hagelsturm in Häusereingänge retten konnten, schworen später auf die Bibel, dass sie Scharen schwarzer Vampire über der Stadt gesehen hatten. Im Blitzgewitter erstrahlten die Kreaturen für Sekunden wie brennende Fackeln. Nicht wenige waren überzeugt, dass das Ende der Welt gekommen sei.

Die Ausgeburten der Hölle waren auf der Suche nach dem Todesschützen und dessen Auftraggeber gewesen. Noch bevor der Morgen anbrach, hörte das Wetterchaos auf, wie es begonnen hatte: »plötzlich«.

Die Einwohner New Yorks, die ja einiges gewöhnt waren, hakten das Ereignis ab. Später fand man einen bekannten Drogenboss und einen Auftragsmörder, dem man bisher nie hatte etwas nachweisen können, vollkommen blutleer auf. Niemand brachte die Ereignisse der Nacht in einen ursächlichen Zusammenhang.

Kapitel 6

Götterwelt

Xerxa begab sich zu den Sphären der Götter hin. Im Arm trug sie ihr Kind, um es den Göttern zu präsentieren. Sie hob das Bündel im Kreise der anwesenden Herrscher der Sphären hoch.

»Ihr Götter! Hier sehet, das ist mein Sohn, der legitime Nachfolger der Gottkönigin Har-Em-hab und des Schöpfergottes Chnum, die meine Eltern sind, und des letzten Trägers der Blutlinie des Gottkönigs Unas. Ich erbitte die Legitimation und Anerkennung für das Kind als den neuen Prinzen der Dunkelwelten durch Euch.«

Zeus und Odin spielten »Krieg unter den Stämmen der schottischen Hochländer« und winkten ab. Was man als okay interpretieren kann. Sie waren einfach zu beschäftigt, als dass sie sich mit solchen Niedlichkeiten befassen wollten. Gottkönigin Har-Em-hab und Schöpfergott Chnum, Xerxas Eltern, waren natürlich entzückt. Wer freut sich nicht über einen gesunden Enkel.

Das Prinzchen nuckelte derweil zufrieden an Xerxas Brust und rülpste dann vernehmlich und kraftvoll. Was offenbar als Zeichen gewertet wurde und die anwesenden Gottheiten dazu veranlasste, dem Kind ihren Segen zu gewähren. Was Har-Em-hab und Chnum aufs Neue entzückte.

Xerxa hatte nun doch noch Grund, zufrieden zu sein. Sie wusste inzwischen, dass Estebans Seele in ihren Sohn übergegangen war. Ein guter Start für den Prinzen. Mit Estebans

Eigenschaften ausgestattet, ist zu vermuten, dass er eines Tages den angestaubten Götterhain so richtig aufmischen wird. Nötig wär's.

Ende

Fortsetzung... möglich

Anhang

Dieser Roman ist reine Fiktion, ohne Bezug auf reale Ereignisse oder Personen. Jedoch vieles von dem, was ich in meinen Thrillern beschreibe, entspringt eigenen Erlebnissen und Erfahrungen.

Was ich schreibe, entwickelt sich wie im Leben selbst von Tag zu Tag in meiner Fantasie. In Gedanken sehe ich für »Xerxa, Fürstin der Finsternis« eine Bühnenproduktion. Ein Musical oder eine mutige Oper mit Bühnenbildern und Aufzügen.

*

[1] In den 80ern übernachteten wir (meine damalige Lebenspartnerin und ich) im Norden Namibias in einem Ein-Sterne-Hotel. Wie im Roman beschrieben, wohnten wir in jenem Zimmer mit dem übergroßen, umfunktionierten Badezimmer. Das Hotel mit Barbetrieb war ein Überbleibsel längst vergangener Zeiten. Die Bar bestand im Wesentlichen aus einer umlaufenden Theke mit reduzierter Bestuhlung. In die Bar gelangte man durch zwei halbhohe Schwingflügel, wie man sie von unzähligen Western her kennt. Der Boden war mit Natursteinplatten ausgelegt. Jahrzehnte zuvor ritten noch ausgetrocknete Reiter mit ihren Gäulen direkt bis an die Theke heran.

Zum besseren Verständnis: Wie mir berichtet wurde, wurde eine Farmers Frau, deren Name mir nicht genannt wurde, zum Ehrenmajor der Südafrikanischen Armee ernannt. Zu einer Zeit, als Frauen noch Frauen waren und Namibia noch südafrikanisches Protektorat, ritt die Dame allein aus dem Norden dieses ausgetrockneten Landes bis nach Windhuk. Eine Leistung, wozu nur wenige überhaupt imstande wären.

Zurück zu jener besagten Unterkunft in Tsumeb. Nachdem wir den ganzen Tag lang auf Staubpisten unterwegs waren, übernachteten wir in diesem Hotel aus der guten alten Zeit. In dieser Nacht setzte starker Regen ein. Ein Ereignis, wo es doch nur einmal im Jahr regnet und in manchen Jahren der Regen ganz ausfällt. In Namibia gibt es Frösche, die sich an das trockene Klima angepasst haben. Hören die Regenfluten auf, verbuddeln sich die Tiere im Schlamm und harren dann ausgetrocknet aus bis zum nächsten Regen.

Regen, der ausgerechnet in jener Nacht einsetzte. Und es geschah das, was dann immer geschieht. Hunderttausende, wenn nicht gar Millionen Frösche zappelten sich aus dem Schlamm frei und begannen hektisch nach Sexualpartnern zu suchen. Für die Fortpflanzung stand ja nur ein kurzes Zeitfenster offen. Um das Hotel herum begannen zigtausende Frösche die ganze Nacht über zu quaken. An Schlaf war bei dem Lärm nicht mehr zu denken. Also vögelten meine Partnerin und ich mit den Fröschen um die Wette. Ich denke, die Frösche hatten gewonnen.

[2] GröFaZ: Größter Feldherr aller Zeiten. In ambitionierter Selbstüberschätzung. Da ist er allerdings nicht ganz allein. Unzählige Kriegsfürsten der vergangenen fünftausend Jahre hielten sich für die allergrößten Kaputtmacher. Dass nochmals fünftausend Jahre Menschen auf diesem Planeten wandeln, schließe ich aus. Und bis zum letzten Tag der Menschheitsgeschichte wird es weiterhin War Lords und GröFaze

geben. Das hat uns Mutter Natur, der liebe Gott oder die Evolution eingebrockt. Suchen Sie sich einen Verantwortlichen aus. Das Alphatier, auch Alpha-Affe genannt, gehört im Kreise der Raubtiere nun mal dazu. Wir werden damit leben müssen.

Ihr Dietmar Krönert